時空調查科 ⑩

與莎士比亞絕密緝兇

關景峰 著

新雅文化事業有限公司
www.sunya.com.hk

時空調查科

阿爾法小組

— 人物介紹 —

凱文

特工代號：051

年　　齡：13歲

組內擔當：分析大師

特　　長：IQ極高，分析力超強，
多謀善斷

最強裝備：萬能手錶

萬能手錶

具備通訊、翻譯、搜尋、地圖
等等功能，還能按需要升級更
新其他功能。

張琳

特工代號：059

年　　齡：13歲

組內擔當：攻擊大師

特　　長：擁有驚人的戰鬥力，對各種
　　　　　武器都運用自如

最強武器：先鋒寶盒

先鋒寶盒

可變化成霹靂劍、迴旋鏢和流星錘三種武器的神奇寶盒。

西恩

特工代號：056

年　　齡：12歲

組內擔當：防衛大師

特　　長：能針對不同攻擊使出各種防禦
　　　　　力強大的招式

最強招式：防禦盾、防禦弧

防禦盾

原為硬幣般大小的鐵片，使用時會變大成圓形盾牌。

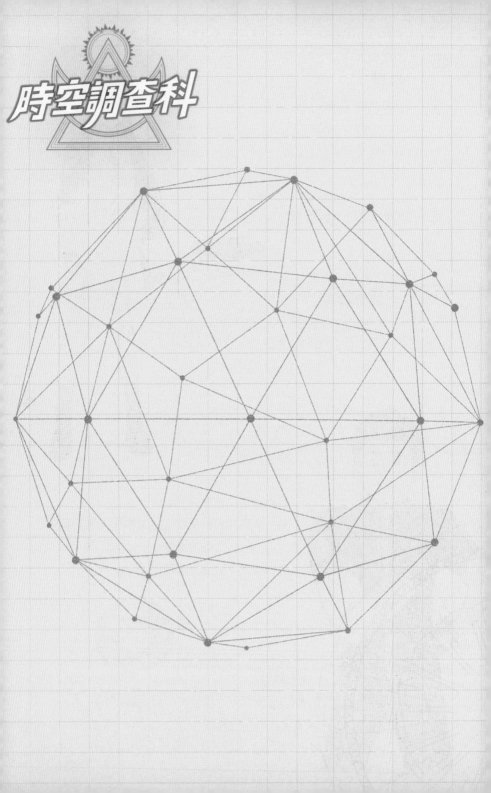
時空調査科

目 錄

CHAPTER 1

文法學校

「這次跨時空抓捕，和以前不一樣。」大西洋底，全球特種警察機構總部，諾曼先生坐在辦公桌後，很是嚴肅地說，「這次是你們先去五百年前的英國，隱蔽在一個叫史特拉福的小鎮上，等候一個毒狼集團的重要成員前往，因為我們得到線報，這個傢伙在那個小鎮有個藏身處，最近可能會前往那個地方隱藏，等他到了，你們抓住他。」

「是。」我、張琳和西恩一起有力地回答。

「毒狼集團的這個成員叫加雷斯，詳細資料分析都在這個袋子裏，注意，這傢伙外貌我們是掌握的，但是他會易容術，一定會改變容貌的。」諾曼先生繼續說，他把一個袋子拿起來，遞給了張琳，「為了抓捕他，我們有提前的布局，017號特工蒙

諾一年前就去了史特拉福小鎮，在那裏開了一家鐵匠舖，你們去找他，然後抓捕加雷斯。加雷斯的行蹤一定很詭秘，你們要展開調查，利用你們是少年的身分，這樣調查起來不會引人注意。」

「我們會努力完成這個任務的。」我大聲地說。

「好的，你們回去先好好看一下資料，然後實施穿越。」諾曼先生點點頭，滿意地説。

我們三個回到了辦公室，隨即就開始研究資料。這個加雷斯外表看上去還比較文雅，但其實非常暴力。他這些年一直處於被追捕的狀態中，在各個世紀穿梭躲避，我們的線報説他最近極有可能躲避到大概五百年前的英國史特拉福小鎮上，這個鎮雖然不算很大，但也有一萬多人口，一個人隱藏在裏面，而且自身又有所防範，的確很難找到。

我們熟悉了相關的資料，事不宜遲，要立即穿越過去，這次是我們先到，守候那個加雷斯。

我們三個去技術組領來了三套四、五百年前英國當時的衣服，穿上這身衣服，我們三個走到辦公室門前一小塊空地，我抬起手，看了看萬能手錶。

「總部時空隧道管理員，我是阿爾法小組051號特工，我和另外兩個同事申請開啟穿越通道，請輔助我們實施穿越。」

「我是105號時空隧道管理員，請問穿越方式。」手錶裏一個聲音問道。

「無限穿越。」

「穿越的時間和地點？」

「西元1577年5月，英格蘭埃文河畔史特拉福鎮，泰丁頓樹林。」

「同意穿越，你們落地時間預計為當地時間中午，你們需要特別留意以下事項：一，不許從穿越地帶回除任務要求外任何物品。二，不許改變歷史。三，不許利用已經獲得的歷史知識進行任何非幫助完成任務的行為。」

「明白。」

「五秒鐘後穿越通道開啟，請站穩！五、四、三、兩、一。」管理員説道，隨即，一個若隱若現的穿越通道出現了。

我們進入通道，剛剛站穩，「轟——」的一聲，一道橘紅色的閃光從我們三個人身上滑過，剎時間，我們就消失在了穿越通道中。一陣急速的通道飛行後，「唰」的一聲，一切都靜止下來。穿越結束了，我發現我們站在一個樹林裏，四周全是樹。

「穿越成功。」我的手錶裏傳出一個聲音，「你們已經順利到達1577年5月英格蘭史特拉福小鎮外的泰丁頓樹林。」

「收到，謝謝。」我説，「再見。」

「祝好運，再見。」管理員説完關閉了話筒。

我們三個小心地按照指南針的引導走出樹林，按照約定，我們將去017號特工蒙諾開的鐵匠舖會

合。

出了樹林向南走，我們走上一條小路，這條路直通史特拉福鎮，而鐵匠舖就在鎮子的最北面。沿着小路走了不到五分鐘，我們就聽到了「叮叮噹噹」的聲音，向前面看去，果然在路邊有一個鐵匠舖，一個四十多歲的人正在打鐵。我們以前沒有見過蒙諾，所以需要核對暗語。

「接頭暗語是什麼，我有點忘了。」西恩説道，隨即不好意思地笑了笑。

「忘了就忘了，還什麼有點。」張琳不屑地説，「是『鐵匠先生，請你給我打一組馬蹄鐵，我家的馬蹄鐵磨壞了』，對方回答『那要稍等一會，你們可以坐下先喝點水』。」

「噢，我記起來了。」西恩連忙説，「好了，你們跟着我，我去對暗語，這點小事，我來吧。」

西恩説着就走在前面，我和張琳跟着他。我們來到了鐵匠舖前，那個鐵匠看着我們，他應該就是

蒙諾，但是暗語是一定要核對的。

「鐵匠先生，請你給我打一組……馬手套。」西恩皺着眉説，他又忘了暗語了，「我家的馬……手套磨壞了。」

「什麼『馬手套』？是『馬蹄鐵』！」那鐵匠搖着頭説，「那要稍等一會，你們可以坐下先喝點水……西恩，真是笨，我以前在總部見過你，但是你沒注意我，這麼兩句暗語都忘記，怎麼做特工？」

「噢，我一着急，忘了『馬蹄鐵』了。」西恩連忙抱歉地説，「還好你見過我。」

「都進去。」蒙諾指了指舖子裏面，看了看我們。

我們連忙進了舖子，舖子裏很簡陋，我們都坐在桌子旁。蒙諾放下手裏的鐵錘，向四周看了看，隨後也走了進來。

「一直等着你們來，快點抓住加雷斯，我這個

舖子也就結束了。」蒙諾邊說邊給我們倒水，「我在這裏隱蔽了快一年了，收到總部消息，加雷斯最近可能就要來了。不過這一年，我沒有查到加雷斯的隱身點，這個鎮子有一萬多人、兩千多間房屋，我每天還真的會接到一些打鐵的工作，也沒時間去查，所以接下來你們來完成對加雷斯的抓捕，最好是能查到加雷斯的窩藏地。他如果前來，一定會去那個窩藏地，那就好辦。」

「他會易容術，但是住在他窩藏地裏的人，一定就是他。」西恩說。

「沒錯。」蒙諾點點頭，「下面看你們的了，我會把這裏的詳情和你們介紹，你們明天就去鎮上的文法學校上學，你們這個年齡不去上學，每天在街上跑，如果加雷斯看到，也會引起他的懷疑。你倆現在是我的外甥；你，張琳，東方人，你是我的遠房外甥女，你們從布里斯托城投奔我的，都記住了嗎？」

我們三個都點點頭，這些其實都是總部大概規劃好的。加雷斯很狡猾，如果他出現在這裏，我們隨即出現在這裏，而他又先發現我們，哪怕我們有掩護身分，那他也一定覺得我們就是尾隨跟來抓捕的，會立即逃走，所以必須提前布局。

蒙諾下午的時候就去了文法學校，這種文法學校類似現代的小學，學費不貴，他為我們交了學費，明天我們就能去上學了。這樣，我們也有了掩護身分，接下來我們就要守候加雷斯的到來了。

鐵匠舖這裏，沒什麼鄰居，離這裏最近的是要走五分鐘路的一條小街，那裏有幾戶人家和一個雜貨店，我們故意去那裏走了一圈，見到人就說我們是來投奔蒙諾舅舅的。

第二天一早，我們三個背着書包，就去了鎮中心的文法學校，我們是問路才到的，快到學校門前的時候，我們已經看到三三兩兩的學生向學校會集了，我們連忙跟上。來到了一個大院子前，大院子

有個大門。

「就是這裏了。」我指着大門口的牌子，説道，「愛德華六世國王文法學校，我們到了。」

進了學校，我們看到這裏有幾排大房子，不同的班級就在大房子裏，蒙諾説這所學校規模比較大，有五百多個學生、三十多個老師。我們去了教務室，教務長把我們帶到了一間教室。

「這是十五班，你們就在這裏上課。」教務長説着看看正在裏面準備上課的老師，「莫里老師，這三個孩子，凱文、西恩和張琳，昨天和你説過的，在你們班上課。」

「好的，教務長先生。」莫里老師走了出來，看得出他對教務長畢恭畢敬，「你忙去吧，我來安排這三個孩子。」

教務長走了，莫里老師把我們帶進了教室，教室裏有很長的椅子，每橫排有三張長椅，每張長椅後坐四個同學，豎排是四排長椅，全班能坐四十多

個學生。

　　教室裏，學生基本上都坐滿了，男生多，女生少，年齡和我們基本都一樣。大家都好奇地看着我們，教務主任把我們帶到最後一排右邊的長椅，那裏坐着一個學生，怯生生地看着我們。

　　「你們就坐在這裏吧。」莫里老師指了指長椅，長椅後只坐着那一個學生，其他長椅後都是坐滿四個人的，我們在這裏剛好坐下。

　　我們三個坐好，我緊靠着那個學生，那個學生瘦瘦的，臉色有些發白，一雙眼睛很是清澈。我對他笑了笑，他立即也笑了笑。

　　「同學們，這三位是我們班新來的三個學生，他們是凱文、西恩和張琳，他們從遙遠的布里斯托來，希望大家不要欺負他們，大家要多照顧他們。」莫里老師說着看看我們，「我說，你們在布里斯托學了什麼？也是讀文法學校嗎？」

　　「是的，我們學拉丁文的文法和會話，還學古

希臘和羅馬的作品。」我連忙説。

「好的，都差不多。」莫里老師轉身向講台走去，「那我們準備上課吧。」

莫里老師的話音剛落，外面就傳出來敲鐘的聲音，這是上課的鐘聲，還在院子裏的那些學生立即都跑進各自的教室，很快，校園裏就安靜了下來。

「今天我們繼續講伊索寓言……」莫里老師走到了講台後，低着頭，翻了翻講台上的一摞紙，「講課之前，先要説一下昨天考試的成績，先從最後一名開始説……」

教室裏的衝突

全班同學都屏住呼吸，聚精會神地看着莫里老師。

「莎士比亞——」莫里老師的眼光向我們這邊射來，他的聲音充滿憤怒，「E，又是E，全班就你一個E，上來——」

我當然不是莎士比亞，但我真的被嚇了一跳，莎士比亞，大文豪，難道真是大文豪莎士比亞，還是只是同名呢？這時，我身邊的那個孩子站了起來，渾身發抖地走向講台。

他就是莎士比亞？我知道這個文法學校的評分機制是從A到E，成績分成五等，E當然是最差的，不及格。

張琳和西恩也是十分震驚。這時，莎士比亞

已經走到了講台前，莫里老師拿着一把尺子就走下來，莎士比亞顫抖着，猶豫着伸出了手，手心朝上。

莫里老師用尺子狠狠地打了上去，那聲音十分清脆，響徹了教室，同學們看着莎士比亞挨打，有

幾個居然還笑出聲，不過大部分學生都表現得很是膽怯。

　　莎士比亞挨打的時候，手都不敢縮回來，他閉着眼睛，似乎這樣能減少疼痛一樣。

　　「回去——」莫里老師叫道，「下次再考這麼

差，再多打幾下。」

莎士比亞連忙坐了回來，我們三個都同情地看着他。我知道，那個年代的學校，是有體罰的。我們只能看着，我們也無法改變這一切。

莫里老師在講台上又罵了幾個考試成績差的學生，還好，沒有再打誰。莎士比亞回到座位那裏，就一直低着頭，我們看不到他的臉，我想一定很痛苦。

「……好了，現在我們來講伊索寓言裏的《孩子與栗子》，從前，有個孩子把手伸進裝滿栗子的瓶子裏……」莫里老師點評完考試成績後，開始正式上課。

莫里老師講的這些，對我們來說太簡單了，我們此時只關心莎士比亞。他還是低着頭，不敢看講台，講台上，莫里老師看着講義，而同學們都沒有書，只能在本子上記着老師的話，莎士比亞的手一定很痛，他可能連筆都無法拿起。

　　快下課的時候，莎士比亞才抬起頭，把莫里老師寫在黑板上的伊索寓言的課文抄寫下來。

　　終於下課了，教室裏和校園裏熱鬧起來，我看了看莎士比亞。

　　「你好，我叫凱文，這是張琳和西恩。很高興認識你。」

　　「你好。」莎士比亞微微地點點頭。

　　「你是威廉・莎士比亞嗎？你的父親是約翰・莎士比亞？」西恩急促地問，「你是1564年出生的。」

　　「是的。」莎士比亞先是愣了一下，隨後點點頭。

　　「哇，真是你呀──」西恩大叫起來，「大文豪，《羅密歐與茱麗葉》、《哈姆雷特》你是怎麼寫出來的？」

　　「你說什麼？」莎士比亞又愣了一下。

　　「那是成年的莎士比亞。」張琳拉了拉西恩，

「現在這個文法考試都不及格呢。」

「噢，噢。」西恩似乎這才恍然大悟。

這時，有幾個孩子圍了過來，其中一個個子最高的，臉上有很多雀斑，他對我們笑了笑。莎士比亞看到他們，連忙低下了頭。這些人就是剛才莎士比亞挨打的時候發笑的那幾個孩子。

「看看，我們的新同學。」那個孩子忽然看看張琳，「噢，東方人，我們學校還沒有東方人呢，來，給老爺我唱一首你們那裏的歌。」

「哈哈哈……」另外幾個孩子一起大笑起來。

「快點唱呀，老爺我等着聽呢。」那個孩子得意地說。

看起來他們是幾個小霸王，很喜歡欺負人，不過他們快要吃苦頭了。西恩握着拳頭，站了起來，我等着西恩教訓他們，但張琳一把拉住了西恩。

「來，我給你們唱。」張琳笑了笑，隨後站了起來，「你可要聽好了呀。」

那幾個孩子愣住了，他們看着張琳，張琳把頭猛地湊向那個為首的孩子的耳朵。

「啊——」

張琳突然大叫一聲，我知道她用了一點點的內力，這個聲音像是爆破一樣，那個孩子立即捂着耳朵叫了起來。

「揍她——揍她——」另外一個孩子大喊起來，幾個孩子一起撲了上來。

幾聲慘叫後，那幾個孩子被我們三個輕鬆地教訓了。張琳單手提起一個孩子，他們連忙求饒。

莎士比亞在一邊都看呆了，班裏其他一些孩子也站在一邊，驚呼起來。

「以後，不要欺負別人，聽見了嗎？」我也抓住一個孩子，「你看，你這樣被我抓着，也不舒服吧？」

「不敢了，再也不敢了——」那些孩子大呼小叫，紛紛求饒。

我們放了那幾個孩子，莎士比亞一臉興奮。

「嗨，文森特他們很厲害的，結果你們更厲害，你們怎麼這麼厲害？」莎士比亞拉着我，激動地問。

「沒什麼啦。」我笑了笑，其實我可沒什麼自豪的，我們是超能力者，對付那幾個孩子太簡單了，「不如你厲害，大文豪。」

「什麼大文豪？」莎士比亞皺着眉，「不知道你們在說什麼，但是謝謝你們，我以為他們又來欺負我，我很怕他們。」

「今後我們就是朋友了，看他們誰還敢欺負你。」西恩搶着說，「你不要怕。」

「真的嗎？我們是朋友嗎？」莎士比亞激動地叫起來。

「那當然，我們就是朋友。」我說道，不過我也有很好奇的地方，「莎士比亞，你這個成績……是怎麼回事呀，好像不太好呀，你以後會成為大文

豪的。」

「以後？我不知道。」莎士比亞說着低下了頭，「我其實想好好學，可是我不知道該怎麼學，每次考試成績都很差，我也沒信心了。」

「這樣呀……」我點點頭，「沒關係，不要洩氣，我們可以幫幫你，輔導……你。」

說着，我看了看張琳和西恩，我當然不可能去輔導大文豪莎士比亞，但是少年時期的莎士比亞，目前看是這種情況，而老師講的這些，我們全都會，當然可以幫助一下，他看起來是那麼可憐。

莎士比亞很是高興，下面幾節課，一下課他就和我們說話。其實我們發現，他是非常聰明的，對於各種事物也很感興趣，難怪他日後成為世界級大文豪，可能現時的他就是在書面表達能力上有所欠缺。

放學後，我們和莎士比亞一起出了校門，我們想請他當導遊，徹底遊覽一下這個小鎮，我們的

真實目的當然是熟悉這個小鎮，看看加雷斯如果來到，最有可能隱藏在什麼地方。

走出校門的時候，我們看到文森特——就是課間過來欺負我們而被張琳教訓的孩子，他帶着另外幾個人，在校門口偷看我們，還指指點點。隨他們去吧，反正我們也不怕他們。

莎士比亞帶着我們開始了遊歷小鎮，這個小鎮風光秀美，有着一排排典型的英格蘭排房，鎮子上綠地和花園有好幾處。我們觀察到，大的住宅區比較分散，不過總體都分布在鎮中心區域。另外，沿着埃文河的住宅也有很多。

莎士比亞對於這些地方，確實是如數家珍，一一給我們介紹，鎮子上的人也都很熱情，我們一直逛到傍晚，才和莎士比亞分開，回到了鐵匠舖。

「今天都怎麼樣了？」蒙諾看到我們回來，連忙問，他一身油膩，看來今天又幹了不少活。

「親愛的舅舅，我們今天的作業都完成了，明

年我們一定可以取得優秀成績畢業。」西恩在那裏開玩笑地說。

「還想在這裏畢業？」蒙諾連連搖頭，「我可真不想等那麼長時間，你們剛來到這裏，可能還感到很新鮮，快點抓住加雷斯，我們早點回去。」

「和你開玩笑呢。」西恩說，「大文豪莎士比亞現在是我們的線人了……」

「看看，開起玩笑還沒完了。」蒙諾似乎略有生氣。

「真沒開玩笑，西恩這句話是真的。」張琳連忙幫着西恩辯白，「我們去了學校，在學校裏，我們的那個同桌，就是莎士比亞，就是後來成為世界大文豪的莎士比亞，他和我們成了朋友，他答應我們，如果發現最近鎮子上來了一個四十歲左右的男人，會立即告訴我們，這不就是我們的線人嗎？」

「這個時代，這個地方……」蒙諾想了想，他很是震驚，「好像還真是，你們居然遇到了莎士比

亞，過些天把他帶來，我也想看看少年時代的莎士比亞。」

「他看上去不是很好，成績差，被體罰，一點都不像是能成為大文豪的樣子，還被同學欺負。」張琳很是可憐地說，「我們可要幫幫他。」

「無論你們幫不幫，他都會成為大文豪。」蒙諾擺了擺手，「可別忘了穿越守則，再說我們來這裏是抓加雷斯的。」

「知道，我們就是看他很可憐。」張琳平靜地說。

當天晚上，我繪製了一張小鎮的地圖，把加雷斯來到小鎮後最可能藏匿的地區一一圈了出來。我們從蒙諾那裏了解到，這個小鎮的居民經商的較多，還有一些在郊外從事畜牧業。我想加雷斯應該有個工作掩護，否則一個成年男性沒有工作，每天在街上走來走去，很容易暴露。

CHAPTER 3

不夠低調

第二天一早，我們三個背上書包，一起去上學，我們沒有課本，只有課堂筆記，所以書包不重。我們三個都商量好了，要好好幫助一下莎士比亞，總是這種最差的成績可不行，起碼叫他少受些皮肉之苦。

我們走到學校，大概需要十五分鐘，我們剛走出來五分鐘，經過一條小路的時候，有幾個人影從路邊的房子閃了出來，為首的是兩個年輕人，估計也就二十歲，他們的身後，是文森特和另外兩個孩子。

這些人攔在了那裏，兩個年輕人不懷好意地看着我們。我們也都站在了原地，我能聽見西恩握拳時骨節發出的響聲。

　　「我是密爾頓，我聽説我的表弟文森特昨天吃了苦頭。」為首的年輕人走了過來，他身高有一米八多，身體強壯，「在我們史特拉福鎮上，沒人敢欺負我這個表弟的，你們幾個外來的，可能還不知道我們的厲害，不過聽説你們很能打，對嗎？」

　　「是文森特先過來欺負人的。」我盡量避免衝突，當然我非常清楚，文森特昨天被教訓後，一定一直想着報復，這兩個高大的年輕人就是他找來的，「他平時就欺負莎士比亞，我們昨天剛來，他就讓我們唱歌給他，還出言不遜。」

　　「噢，你説話一套一套的，我不想聽。」密爾頓越走越近，他胳膊上強壯的肌肉起伏着，「我就想讓你記住，敢動我的小兄弟，你死定了。」

　　説着，密爾頓兇相畢露，他一拳就打了過來。我伸手一擋，只用了三分力，密爾頓的胳膊就像是打在鋼鐵上一樣，他倒退幾步，隨即捂着胳膊慘叫起來。

「啊──」另外一個年輕人比密爾頓還高，他衝上來抬腳就踢。我略微一閃，他踢空了，身體側面完全暴露出來，我一拳打上去，他的身體立即橫着飛了出去，重重地摔在了地上。

文森特他們看到請來的成年人也被我輕鬆擊敗，全都嚇傻了。西恩此時向前邁了兩步，他們嚇得轉身就跑，留下了兩個年輕人，在那裏大呼小叫的。

「以後好好去工作，不要總想着欺負人。」我走過去，站在密爾頓身邊，密爾頓還捂着胳膊，嘴裏喊着手要斷了。

我們越過兩個年輕人，向學校方向走去。身後，躺在地上的那個年輕人痛苦的呻吟聲傳來。

「我是不是出手有點重呀？」我看看身邊的西恩。

「不重，對付他們這樣的傢伙，就是要這樣。」西恩滿不在乎地說。

「我覺得……」張琳似乎有些猶豫，「我們還是低調些，否則我們自己就要成為議論中心了。」

的確，我們教訓兩個年輕人的時候，有個提着籃子的老婆婆經過，她看見了這一切，現在還吃驚地站在那裏，我能想像她的驚奇，我的身高才到密爾頓的胸口，但輕易就把他擊敗。

來到學校裏，還沒有上課。一進教室，我就看見文森特和另外幾個孩子圍在教室的一角，看到我們進來，全部向我們鞠躬並報以微笑，我們可沒工夫去搭理他們，我們坐到座位上，莎士比亞已經坐在那裏了。

「我聽了你們的，回去後把《孩子與栗子》這篇課文多看了幾遍。」莎士比亞有些興奮地説，「以前我回家後也就看一遍，以為自己背過了，其實沒有，這次我還把關鍵字詞都畫下來，感覺真的背過了，謝謝你們。」

「我們幾個正在整理伊索寓言，你可以先看起

來，你還可以去借高年級同學的筆記，他們已經學過，這樣你提前預習，上課聽講，課後複習，成績就會進步。」我很是認真地説，「放心吧，你沒問題的，我看你就是還不善於表達。」

「太謝謝你們了⋯⋯」莎士比亞感激地看着我們，忽然，他抬頭看了一眼前門，「老師來了，上課了⋯⋯」

莫里老師走進了教室，隨即，教室外就響起了上課鐘聲，大家都立即坐好。

「現在上課。」莫里老師説着看了看講義，「昨天我們學了伊索寓言裏的《孩子與栗子》，現在要一個同學把課文複述出來⋯⋯」

説着，莫里老師開始用眼光掃描全班，不少同學都害怕，低下了頭。莎士比亞也是一樣，連忙把頭低下，似乎這樣就能避免被叫到。我知道，如果背不出來或者背得不好，也會被體罰的。

「莎士比亞——」莫里老師大喊一聲，那聲音

在靜悄悄的教室中迴盪。

　　莎士比亞像是被雷電擊中一樣，抖了一下，隨後很是不情願地站了起來。

　　「嘻嘻嘻……」文森特等幾個同學回過頭來，嘲弄地看着莎士比亞，等着看莎士比亞挨打。

　　「把昨天的課文背一遍。」莫里老師大聲説。

　　「是。」莎士比亞點點頭，説道，「『一個孩子……』」

　　莎士比亞説着，卡住了。莫里老師皺着眉，我感覺他的手都要伸向尺子了。

　　莎士比亞看了看我，我用鼓勵的眼神看了看莎士比亞，用力地點點頭。

　　「沒問題，你行的。」張琳小聲地説。

　　「『一個孩子把手伸進裝滿栗子的瓶中，他想儘可能地抓一大把，但當他想要伸出手來時，手卻被瓶口卡住了。他既不願意放棄一部分栗子，又不能拿出手來……』」莎士比亞比較流利地背誦起

36

來。

莫里老師一驚，那些等着看笑話的同學也是如此，我們三個都欣慰地看着莎士比亞，真是為他高興。

莎士比亞基本準確地背誦完了全文，同學們驚呆了，莫里老師也是。

「這個、這個……好，莎士比亞，你坐下。」莫里老師做了一個手勢，表情也和藹了很多，「差不多都背下來了，今後都要像這樣，這樣我也就不會懲罰你了，你知道嗎？打你我也累……」

莎士比亞坐下後，很是少有地挺直了身板，他的雙眼也放出光來。

「文森特──」莫里老師突然大叫一聲，「你來背一遍。」

文森特站了起來，他用手抓抓頭，一副渾身上下都不舒服的樣子。

「老師，我、我沒看課文，昨天下午放學我就

去鎮子西面找我的表哥去了，我的表哥沒回來，我就一直等，很晚的時候他才回來，後來我回家後就睡覺了。」文森特開始比劃着辯解起來。

「放學在外面玩一會，是可以的，可是你為什麼等你表哥那麼晚？有什麼重要的事嗎？」莫里老師生氣了，大聲喝問。

「有⋯⋯沒⋯⋯有⋯⋯」文森特張口結舌的，他忽然轉頭看了我們一眼，「有些重要的私事，也不是很重要，但是對我來說很重要⋯⋯」

「你在說什麼？到底重要不重要？這是文法學校，你的文法一點也不通。」莫里老師生氣地喊起來，「上來，打幾下，看你以後會不會說話。」

「啊，不要打，打不要⋯⋯」文森特嚇得叫起來，「我知道怎麼說話，說話我知道怎麼⋯⋯」

莫里老師拿起尺子，衝過去，一把拉過來文森特的手掌，用力地打上去，那清脆的聲音衝擊着每個同學。莫里老師連打了五下。

「這就是給你的教訓，不好好學習，聽說你還總是欺負同學呢……」莫里老師說着，走回到講台去，生氣地把尺子扔在講台上。

這天放學後，我們還是和莎士比亞在一起，他又帶着我們去了幾個鎮上偏僻的地方。我們了解到他的家庭，他的父親是這個鎮子上的議員，這和史書上的描述完全一致。莎士比亞對木偶劇很感興趣，倫敦來的劇團演出，他也場場不落。

和莎士比亞分開後，我們回到了鐵匠舖，我們的「舅舅」看到我們回來，一臉不高興。

「你們今天在外面打架了，對嗎？」蒙諾把我們叫進房間，生氣地說，「還用了超能力，一個小孩輕鬆打到兩個成年人，對嗎？」

「噢，蒙諾，你為什麼跟蹤我們？」西恩好奇地問。

「誰有空跟蹤你們？」蒙諾叫了起來，「南茜婆婆買菜的時候都看見了，是她過來和我說的。」

「這個鎮子上的人真是愛告狀呀。」西恩不高興地說，「蒙諾，那是一個壞同學的表哥，我們教訓了壞同學，也就輕輕地教訓了他們，張琳隨便提起來一個壞同學，就是這樣，結果這幾個人就把什麼表哥找來報仇了。」

「你們到這裏來，是有任務的。」蒙諾似乎不想聽我們的解釋，他先是指了指張琳，「一個小女孩，把同年級的學生舉起來，還有你，凱文，一個孩子瞬間擊敗兩個成年人，把其中一個一腳踢出去幾米遠，這都嚴重違背常理，如果在鎮子裏傳開，你們怎麼去找加雷斯，你們自己都要成為焦點了。」

蒙諾的話有些道理，我其實也有點擔心，但是在出手那一刻，我並沒有控制好力度。

「那就讓壞孩子欺負呀。」西恩還是滿不在乎，「再說我們也沒有弄出驚天動地的動靜，就是小小地教訓了那幾個傢伙一下。」

　　「小小地？」蒙諾搖着頭，有些痛苦地看着我們，「我年齡比你們大很多，當特工的時間也長，多少次看上去沒什麼的失誤，最後都釀成大錯了，這個你們的體會一定不多。」

　　「知道了，知道了。」西恩擺擺手，「我們以後注意就是了，早上看到我們出手的不就是一個老婆婆嘛，我們也沒在鎮中心教訓那幾個人。」

　　「蒙諾，你的話我記住了。」我看看張琳和西恩，「今後確實要注意這點，有些地方能忍就忍，或者換一種處理方式，我們現在有點太突出了。」

CHAPTER 4

長椅旁的問話

晚上，我的萬能手錶傳來總部資訊，據線人報告，加雷斯會在最近幾日穿越過來，甚至可能已經穿越來了。

這個報告引起了我們大家的焦慮，我們對這個小鎮甚至還不是很熟悉，加雷斯到底能藏在什麼地方呢。蒙諾說鐵匠舖附近他可以打聽，但是加雷斯隱藏在鎮郊的可能性很小，人越多，他的隱蔽越保險。

蒙諾說鎮中心地區的打探，就全交給我們了，接下來就完全看我們怎麼行動。

「總不能挨家挨戶去問，『嗨，你家有沒有剛從外面回來的人？』」西恩靠在椅子上，有些無精打采地說。

「而且這樣一個上萬人的鎮子，一些人家有剛從外面的人回來，也很正常，這裏有很多人經商，經常出遠門的。」張琳説着看了看我，「凱文，你有辦法了嗎？」

「我在想，我們還是要去鎮子上打聽，用排除法。」我説道，「把剛回到鎮子上的人一一排除嫌疑，剩下的就是加雷斯了。」

第二天一早，我們又去了學校，這天只有半天課，中午放學後，我們就決定去鎮子上打探消息，那些坐在花園長椅上的老爺爺和老婆婆，是我們要去詢問的對象。這是我們最直接的辦法，我覺得這樣簡單而且有實效。

來到了班上，莎士比亞早就坐在那裏了，他見到我們，很是興奮。按照我説的，他向高年級的學生借到了筆記，老師要講的課，他能提前預習一下，他覺得這樣很好。

上課了，每天第一節課都是莫里老師的文法

課，這次他抱着一疊厚厚的考卷走進教室。我們班昨天進行了一次文法課考試，不用多說，我們三個考得非常順利。

「昨天，我們進行了文法課考試，成績最差的同學，成績也有C，所以今天不會有人被懲罰了。」莫里老師忽然看了看我們這邊，「凱文、張琳，還有西恩，全部都是A，並列第一，布里斯托城的教學水準可真是高，轉到我們班的三個學生，成績這麼好……」

「別告訴蒙諾，否則他又說我們太突出了。」西恩低着頭，極小聲地說。

「這個卷子你們拿回去，要你們的……舅舅簽字，讓他好好獎勵你們，這樣的好消息一定要與你們的家長分享。」莫里眉飛色舞地說，「你們三個的寓言故事論述，各自有各自的看法，還有自己獨特的觀點，文法和句法運用得當，我們幾個老師看了也都說好……」

　　張琳聽到這些話，看了看西恩。西恩扭了扭脖子，一臉無奈，今晚一定又被蒙諾説了，下次我們要考得稍微差一點，確實不能處處顯得突出。

　　中午放學後，我們出了學校，莎士比亞一定要我們去他家玩，還説午飯也在他家吃。

　　莎士比亞的提議和我們的目標一致，並不是我們要去吃飯，而是他家就在鎮中心的亨利街上，那裏是我們要探訪的重點地區。所以我們三個欣然前往，莎士比亞也很高興，他説他的朋友不是很多，他非常喜歡我們這三個新朋友。

　　「……遇到什麼場景，你可以把它先寫下來，不用很華麗辭藻，就按照平常説的話來寫。」前往莎士比亞家的路上，我一邊走，一邊「輔導」他，「寫多寫少也無所謂，關鍵是通過這種方式多加練習，你的文法水準就有大的提高……」

　　「要多寫，我知道。」莎士比亞連連點頭，「張琳和我説，就像是練習射箭，只是在旁邊看，

沒什麼用，要親自練習。」

「對，就是這個意思。」我連忙說。

「你們說的道理很簡單，我一下就能聽懂。」莎士比亞羨慕地看着我們，「太厲害了，你們和我都一樣大，成績那麼好，張琳一隻手就能舉起來一個同學……」

「啊，這個……是我超水準發揮，一般情況下我不可能把他舉起來的，只是那天太生氣了。」張琳連忙遮掩，「你讓我現在把他舉起來，那就不行了，我沒什麼力氣的……」

「嗨，嗨，你們看，那邊有兩個人。」我連忙轉移話題，指着坐在不遠處花園旁的長椅上的兩個年長婦人，「張琳，我們去問問她們，看看知道不知道鎮子上有沒有新來的人……」

「她們不用工作，每天都喜歡湊在一起聊天，就要找她們問。」張琳說着看看西恩，「你去。」

西恩點點頭，向長椅走去。我則看了看莎士比

亞。

「和你説過的，我們在找一個四十歲的男人，以前在這裏住過，主要是我舅舅在找他。」

「我知道，四十歲的男人，我也留意着呢。」莎士比亞邊説邊跟上了西恩。

「嗨，兩位老婆婆，甲婆婆，乙婆婆，你們好。」西恩走過去，邊説邊鞠躬，「今天天氣不錯呀……」

「不錯嗎？應該是陰天呀。」其中胖一些的老婆婆看看天，説道，「這孩子，怎麼陰天和晴天都分不出來。」

「啊，我是説，希望有個不錯的天氣。」西恩有些尷尬地説，「啊，請問最近有沒有過一個四十歲左右的男人到了這個小鎮上，他以前就在這裏住，走了一段時間，大概一年，又回來了，主要是我舅舅想找他……」

「有，有一個。」瘦一些的婆婆點點頭，「昨

天回來，確切説是四十一歲。」

　　我們三個聽到這句話，差點都跳起來，我們本來都等着一句「沒有」的回答，然後就離開的，第一次問就把加雷斯的下落打探出來，我們從沒有這樣想過。

　　「他、他在哪裏？」西恩連忙問，「求你了，我舅舅想找他……」

　　「你舅舅是？」

　　「鐵匠蒙諾，在鎮北。」

　　「我兒子和鐵匠沒什麼聯繫呀，你舅舅找他幹什麼？」瘦婆婆一臉疑惑。

　　「回來那人是你兒子？」我連忙問。

　　「是呀，他在伯明翰當稅務官，回來住一星期。」瘦婆婆又看看我，同樣是一臉疑惑，「不可以嗎？」

　　「可以，當然可以。」我連連點頭，「他從小就和你在一起？」

「那當然，他是我兒子呀。」瘦婆婆有些不高興了。

「啊⋯⋯明白了⋯⋯」我笑了笑，「沒什麼，你兒子和我們的舅舅的確沒關係。祝你的兒子回到家鄉這幾天過得愉快。」

我們轉身走了。從小就在這個鎮子上長大的人，當然不會是加雷斯。我們剛才的興奮也瞬間化為烏有。

「嗨，凱文，我把剛才的場景記了一下，你聽聽看。」莎士比亞不明就裏，他拿着一支筆，還有一個小本子，「西恩找到老婆婆，説天氣不錯，但是被反駁，天氣哪裏好？我看都要下雨了。西恩不顧尷尬，又去問他舅舅關注的人，這人必須最近剛到鎮上，結果問來的是另一個老婆婆的兒子，真是太好笑了⋯⋯」

「噢，我不顧尷尬地去問⋯⋯」西恩有些不開心地看看莎士比亞，「你的文筆長進不少，我確

實不顧尷尬，我現在也很尷尬，我的綽號就叫『尷尬』⋯⋯」

　　「下次我去問。」莎士比亞笑了笑，隨後向四周望去，「哪有老婆婆呢？老爺爺行不行？」

　　「走吧，先去你家，這事下午再說。」我拉了拉莎士比亞，說道。

CHAPTER 5

一個水手

　　來到莎士比亞的家裏，他的爸爸中午不回家吃飯，只有他的媽媽在家，她熱情地接待了我們，告訴我們説她知道兒子交了新朋友，而且是幫助他的新朋友，非常高興。我們還看到了莎士比亞的幾個兄弟姐妹。

　　我們剛在莎士比亞家坐下，從他家後院跑進來一條很大的狗，看到我們，很興奮，尾巴亂晃。

　　「他叫洛克林。」莎士比亞説，他抱起洛克林的頭，摸了摸，「非常聰明，我的兄弟姐妹們藏起來，牠都能按照我唸出的名字依次找到他們呢。」

　　我也拍了拍洛克林，洛克林高興地在我們身邊走來走去。莎士比亞起身去給我們端水果了。

　　「有一部名叫《洛克林》的小説，被判定為

疑似莎士比亞的作品，現在看來，《洛克林》真的可能是莎士比亞的作品呢，他養了一條叫洛克林的狗。」

「一會向他核實一下。」西恩説，「能幫我們解決不少後世的疑問。」

「西恩，你⋯⋯」張琳搖了搖頭，「這是少年時期的莎士比亞呀，那些問題他也不知道。」

「噢，我忘了。」西恩不好意思地笑了笑。

「在説洛克林嗎？」莎士比亞端着水果走了過來，「牠最聰明了，牠最喜歡我⋯⋯」

莎士比亞的媽媽做了一頓豐盛的午餐，我們三個都大吃起來，這飯也太好吃了，我們讚不絕口。這飯比那個蒙諾做的強太多了，蒙諾每天就用豆子和硬得像鐵塊的麵包對付我們，當然，他自己也吃這難以下嚥的食物，難怪總是想着要回去。

吃完飯，我們來到莎士比亞家的後院，這個院子不大，有一塊綠色的草坪。後院外是古特街，這

是一條很窄的街。

「你的生活很舒適呀。」我說着坐在一張躺椅上，還搖了搖。

「還可以吧，要是你們能住到這邊來就好了。」莎士比亞說着向街道對面看去。莎士比亞家的後院有一圈籬笆，不到一米高。

街對面有一間斜對着莎士比亞家的房子，門忽然開了，裏面走出來一個人，這個人大概二十多歲，看到莎士比亞，很有禮貌地點點頭。

「哈代先生，你好。」莎士比亞也點點頭，並也很有禮貌地打招呼。

「噢，威廉，和同學玩呢。」哈代先生笑了笑，隨後沿着街向前走去，「我出去買點東西。」

哈代先生走後，莎士比亞轉過頭，看着我。

「哈代先生倒是昨天傍晚才來的，他一年前走的，不過他一定不是你們要找的人。」

「什麼？」我還沒說話，西恩差點跳起來，

「這個人是剛來的嗎？莎士比亞，這個你怎麼不說？你答應我們有外來人立即説的呀。」

「你們要找的人有四十歲，可是哈代先生才二十多歲，很明顯呀。」莎士比亞很是不解西恩為什麼這麼激動，其實我和張琳也同樣很激動。

「我們找的人會變化容貌……哎，算了。」張琳擺擺手，「莎士比亞，這個哈代是什麼人？是幹什麼工作的？」

「是水手呀，在遠洋商船上工作，他們都外出很長時間才回來，我們這裏的水手都是這樣的。」

「這是他家嗎？」我指着哈代剛出來的房子，問道。

「不是，那是他租的房子，二樓有他一間房間，他租了很長時間。」莎士比亞説道，「他……不是什麼壞人吧？他很和藹的，一年多前他住在這裏時還給我弟弟買糖吃，昨天傍晚他回來的時候我就在這裏，他還和我打招呼呢，他説他遠洋結束，

剛回來，要休息一段時間。」

「他跑哪一條航線？他從哪裏回來？」我抓住莎士比亞的胳膊，問道。

「這個……」莎士比亞很驚訝我們的反應，「好像是印度？不過我不確定，應該是。」

「莎士比亞，請你幫我們一個忙，哈代一會要回來，你去問一下他是跑哪條航線的，一定要問清楚，而且你要自然一些，不要顯得故意去問，明白嗎？」我搖着莎士比亞的胳膊，懇請道。

「就問一下他從哪裏來嗎？可以呀。」莎士比亞説，「那我就問一下……這很重要嗎？」

「很重要。」我用力地點點頭。

「好吧。」莎士比亞也點點頭，「他是壞人嗎？」

「還要確定一下。」我警惕地看着街道那邊，擔心哈代回來，「我要充分了解他的情況。」

「他回來了。」張琳喊了一聲。

　　我們三個立即走到一起，一副若無其事的樣子。我看了看莎士比亞，莎士比亞走到了籬笆旁，在那裏等。哈代由遠至近，回來的時候，手裏提着個袋子，看起來真的是去買東西了。

　　「嗨，哈代先生。」莎士比亞揮揮手，「遠洋生活一定很刺激和冒險吧，我長大了也想當水手。」

　　「可以呀，水手能發財，哈哈哈……」哈代説着笑了起來。

　　「那麼你是去哪裏遠洋的？有多遠？」莎士比亞進一步問道。

　　「印度，我們是從印度進貨，帶回來賣。」哈代説道，「我剛從印度回來，不過在海上走了幾個月。」

　　説着，哈代看了我們三個一眼，我們全都是一副悠閒的樣子，看上去根本就不關心他們的對話。

　　「印度，很遠呀。」莎士比亞似乎很是羨慕，

「我連倫敦都沒去過，我就去過伯明翰……」

莎士比亞的詢問還算是比較自然，而我的腦子裏開始了計算，我感到哪裏有不對的地方。

這時，哈代走到了家門口，他還沒有開門，門從裏面被推開了，走出來一個人，把我們嚇了一跳，走出來的人居然是文森特。

「哈代先生，你去哪裏了？媽媽說要開飯了。」文森特望着哈代說。

「出去買了點東西。」哈代回答道。

這時，文森特看到了我們，立即滿臉笑容，隨後深深鞠躬。

「你們好，是到莎士比亞家玩嗎？」文森特向我們打招呼道。

「啊，是。」我點點頭，笑了笑。文森特這些天對我們的態度已經好多了。

「都是你同學吧？怎麼見了同學和見到國王一樣，還行這麼大的禮呀？」哈代看到文森特的舉

動，奇怪地問。

「噓⋯⋯小點聲⋯⋯」文森特轉身和哈代進屋，「他們可厲害呢，那個東方人，女的，一手就能把一個男同學舉起來；剛才說話的那個，一腳就把我表哥的朋友踢飛，我表哥的朋友可是個壯漢呢⋯⋯」

文森特的聲音壓低很多，但我們是超能力者，全都聽到了。

「莎士比亞，你和文森特是鄰居？」我看看莎士比亞。

「是呀。」莎士比亞說，「這周圍有我們班好幾個同學呢。」

「凱文，這個人⋯⋯」張琳走到我身邊，問道。

「我想想，這個人⋯⋯」我看着哈代走進去的房間，突然叫了起來，「啊，哈代在撒謊，每年的5到9月，是吹西南季風的，印度在東面，現在應該

出發去印度，而不是從印度回來。這個時代英國商船嚴重依靠季風才能行駛。」

「那麼哈代是不是加雷斯變化的呢？他可能使用了易容術。」西恩的聲音都有些變了。

「很有可能，單從他說謊這一點，問題就很大，他根本就不是什麼水手。」我連忙說。

「你們、你們都在說什麼呀？」莎士比亞一頭霧水地問道，「誰說謊？哈代嗎？他為什麼要說謊……」

「不好，剛才文森特似乎也向哈代透露我們的身分了，儘管他只說我們很厲害，但是哈代一定很警覺。」我望着不遠處那所房子，「我們要過去看看。」

事不宜遲，我揮揮手，帶着張琳和西恩就走出院子，向哈代住的房子走去。莎士比亞也跟在我們身後，他還是不明白我們說的是什麼，我們也無法向他解釋。

CHAPTER 6

逃跑方向

我走到房門前，敲了敲門，門開了，一個女士，應該是文森特的媽媽站在門前，好奇地看着我們，不過，她隨即看到了莎士比亞。

「威廉，你可很少來我家呀，你媽媽説文森特欺負你，怎麼可能，文森特這個孩子最熱心了，就是被人家欺負了也不會找表哥幫忙……」那位女士笑着説。

「你這是幹什麼？哇，這是什麼呀？」文森特的驚叫聲突然傳來，大概是從他家後門那裏傳來的，「哈代先生，你要幹什麼呀？媽媽，快來看呀——」

後門那裏，明顯有輕微的震動，這是穿越通道生成時經常會相伴出現的。我一步就衝進了屋子，

我看到了後門，後門打開着。房子的後院，一個穿越通道已經生成了，哈代正推開文森特，向通道裏邁步。

　　我衝了過去，張琳和西恩緊緊跟上。看來哈代——也就是加雷斯已經意識到了我們是來抓捕他的，要穿越而逃。他邁進了穿越通道。不用我下指令，張琳和西恩也都明白了一切，張琳的手裏已經

彈出了霹靂劍。

「嗨——」，就在加雷斯的穿越就要展開的時候，張琳揮劍砍向了飄忽抖動的穿越通道。

「轟——」的一聲，穿越通道發出爆炸聲。隨後，氣團狀的物體四處飛濺，我們全部被氣浪推倒在地。

爆炸後的穿越通道很快就散盡，除了我們，加

雷斯的身體微微顫動着——他也倒在地上，雙手扶着地，大口地喘着粗氣。他的樣子，已經不再是那個年輕的哈代，他就是加雷斯，和我們資料照片上的一樣。

我們全都站了起來，加雷斯也站了起來。由於剛才爆炸的沖進，所有人都有些站立不穩。

「加雷斯，你跑不了的。」張琳說道，她一邊說，一邊去撿自己的霹靂劍。剛才的爆炸，炸飛了她的寶劍。

「你們……特種警察……」加雷斯指着我們，「你們都追到這裏來了。」

「確切地說，是在這裏等候。」西恩得意地說，「束手就擒吧。」

「我已經破壞了你的穿越通道，就算是擺脱我們，短期內，你修理不好你的穿越系統的，你還是跑不掉。」張琳冷冷地說。

「好，我和你們回去，我不跑了，我厭倦了東

躲西藏。」加雷斯很是順從地說，「但是，回去以後，你們不能懲罰過重，我沒幹太多壞事⋯⋯」

「這個需要法官來定了。」張琳看到加雷斯一副放棄抵抗的樣子，收起了霹靂劍。

「這都是怎麼回事呀？」莎士比亞和文森特一副吃驚的樣子，文森特的媽媽也是，她不知道後院這個人是怎麼在她家的。

「這是一個壞人，他改變了自己的容貌，躲在這裏。」我簡單地向莎士比亞解釋，也不知道能否解釋清楚。

「噢，我給大家添了麻煩。」加雷斯一臉歉意地看着文森特的媽媽，「對不起，我不是什麼水手，而且，我還改變了容貌⋯⋯」

「我們是不是要聯繫一下蒙諾，看看在什麼地方穿越回去。」張琳走過來對我說道。

看到加雷斯不再抵抗，我們都放鬆了警惕。張琳剛才破壞了加雷斯的穿越通道，利用這個通道進

行跨時空逃跑，短時間內他是無法完成的，他需要修復這個系統，甚至要尋求毒狼集團的遙距協助。他現在就是逃跑，也只能往遠處跑，不過看起來他沒有這個意思。

這時，我們都以為馴服了的加雷斯飛快地跨出一步，一把就抓住了莎士比亞。他從口袋裏掏出一把匕首，刀尖頂在了莎士比亞的脖子上，我們全都嚇了一跳。

「放我走，快放我走——」加雷斯的臉瞬間變得兇惡起來，他大吼着，「否則你們的朋友就沒命了——」

「加雷斯，你不要亂來。」我擺擺手，「你放了我的朋友……」

「哇，這是怎麼回事——」莎士比亞顫抖着，用恐懼地目光看着我們，「凱文，救我——」

張琳和西恩跳到了加雷斯的左右兩側，似乎在找機會，但是加雷斯的匕首緊貼着莎士比亞的脖

頸，他們都不敢輕易出手。而加雷斯很是狡猾，他立即背靠着後院的籬笆，這樣他從身後被攻擊的可能性基本上就沒有了。

文森特和他的媽媽也被嚇壞了，他們站在後門的門口，手足無措，完全不知道為什麼會在這麼短的時間裏發生了這樣的事。

「加雷斯，你挾持人質，這是罪上加罪……」我害怕加雷斯傷害莎士比亞，舉着手，讓他看到手裏沒有任何東西，同時後退了一步。

「立即放我走——」加雷斯大喊一聲，「否則我就……」

「讓他走——」我看了看西恩和張琳，他們兩個也找不到機會，同時也害怕莎士比亞受到傷害，都舉着手。

張琳和西恩聽了我的話，各自後退了兩步，通向籬笆外的走道也被讓了出來。加雷斯用刀挾持着莎士比亞，向籬笆外邊走邊退。

「不要跟上來──」加雷斯倒退着，先是用刀指了指我們，隨後又把刀架在莎士比亞的脖頸上。

「不要亂來──」我大喊着。

加雷斯把莎士比亞帶到籬笆外，轉身用刀脅迫着莎士比亞，跑掉了。

「啊──怎麼辦──」張琳不知所措，看着我，「分析大師，快救莎士比亞呀。」

我揮揮手，帶着張琳和西恩衝了出去，街上已經空無一人了。加雷斯是向西轉的，我們沿着街道向西面追去，來到了一個路口，這條路叫溫莎街，這條街比較寬大，但是只有遠處有幾個人影在慢慢地走動。我向街道的南面和北面看了看。

「莎士比亞不知道去了哪邊？」西恩急着喊道。

「那邊有一隻鞋……」張琳指了指溫莎街的北面，喊道。

我們立即衝了過去，跑了三十多米，看到了街

中央的一隻鞋，我們都認出來，這正是莎士比亞穿的鞋。

「沿着這條路追——」西恩說着就要向北面跑。

「等一下。」我一把就拉住了西恩，「不要上當。」

「什麼？」西恩和張琳都一愣。

「加雷斯挾持莎士比亞逃走，一定不想太引人注意，他們會在街道兩側的行人路上走，而且街中心是走馬車的，他也不想被馬車撞到。」我分析道，「所以莎士比亞的鞋不會掉在街的中心。加雷斯這是故意的，他把莎士比亞的鞋扔過來，想讓我們誤以為他們是向北走，所以他們真正逃走的方向應該是南邊。」

「就是他故意往反方向扔了一隻鞋。」西恩恍然大悟地說。

「對的，我們應該向南追。」我點點頭，拿上

了莎士比亞的那隻鞋，隨後向南跑去。

「凱文，可是南面什麼也看不見呀。」張琳着急了。

向南的街道，零星走着幾個人，看起來都沒有遇到什麼緊急的事，這條路筆直向南，而且再向前幾十米，又有路口出現。加雷斯是不是裹挾着莎士比亞轉進了路口，誰也不知道。

「怎麼辦呀？」西恩着急地跳了兩下。

「我們回去，叫文森特把洛克林牽出來，洛克林一定能找到莎士比亞的。」我拉了拉西恩，晃了晃莎士比亞的那隻鞋，「我們和莎士比亞一家不熟，文森特是他家鄰居……」

我們立即跑回了文森特家，文森特和他的媽媽就站在後院的街上，看着我們這邊，他倆也很是驚慌。

「莎士比亞找到了嗎？」看見我們回來，文森特就大聲地問。

　　「我們在解決這個問題，需要你幫個忙，因為你是莎士比亞的鄰居。」我拉了拉文森特，「快去莎士比亞家，把他家的洛克林牽出來，洛克林熟悉莎士比亞的味道，我這裏有莎士比亞的鞋。」

　　「我明白。」文森特説着就向莎士比亞家跑去。

CHAPTER 7

小屋

我們也跟在文森特的身後，文森特出門後穿過馬路，從後院來到莎士比亞家的後門，隨後開始敲門。

莎士比亞的媽媽打開了門，看到是文森特，有些吃驚。

「噢，文森特，你可是很少來，我聽說你經常欺負小莎士比亞，為什麼呢？做個朋友不好嗎？」

「好，很好。莎士比亞有這幾個好朋友，我哪敢再欺負他呀。」文森特指了指我們，「噢，洛克林在嗎？我們要帶他去找莎士比亞，莎士比亞……不知道去哪裏了，我們很快就能找到他。」

「小莎士比亞沒和你們在一起嗎？」莎士比亞的媽媽看看我們，不過她並沒有怎麼起疑心，隨後

轉過頭去，「洛克林，洛克林——」

洛克林跑了過來，看到文森特，不是很友好地叫了一聲。我連忙去牽洛克林，洛克林看到是我，順從地跑出了門。

「夫人，我們會找到莎士比亞的。」我牽着洛克林，向文森特家跑去。

「你為什麼拿着我們家小莎士比亞的一隻鞋呢？」莎士比亞的媽媽在我身後，很是不解地小聲説道。

我們又來到莎士比亞家的後院，我把莎士比亞的鞋放在洛克林的鼻子下面。

「洛克林，找莎士比亞——」我大聲地説，「出發——」

洛克林聞了聞莎士比亞的鞋子，牠聽懂了我的話，像箭一樣飛身跑了出去，我們連忙跟上。

洛克林先是向西，跑到了温莎街後，果然轉向温莎街的南面，然後繼續飛奔着，牠熟悉莎士比亞

的氣味，一邊跑一邊找尋着莎士比亞的氣味。文森特此時，也跟着我們跑了過來。

洛克林一直跑到了鎮子的南郊，這邊的房子開始稀少了，很快，我們就穿過了一大片樹林，出了樹林，一百多米遠的地方，有一間破爛的小屋。洛克林看到那間小屋，突然十分激動，渾身上下都顫抖起來，我立即明白了牠的意思，我緊緊地抓住了洛克林。

「洛克林，不要叫，千萬不要叫。莎士比亞一定就在裏面。」

我們躲在了一棵樹後，洛克林還是想衝向那間小屋，但是我緊緊地拉着牠，隨後，牠也懂事地站好，但是眼睛一刻不停地盯着那間小屋。

「不知道裏面有沒有加雷斯，但莎士比亞一定在裏面。」我看看張琳和西恩，「我們要小心地過去，我想加雷斯一定也在，萬一被發現，莎士比亞就危險了。」

「加雷斯可能也只是想休息一會。」張琳說道，「他還要挾持着莎士比亞遠離這裏。」

「文森特同學。」我說着看了看文森特，「還要你幫忙，你去鎮北的鐵匠舖，找我的舅舅，就說我們在這裏找到加雷斯了，讓他過來幫忙，要快。」

「明白，我這就去。」文森特點點頭，轉身走了。

「我們要多一點人手，把這裏圍住，救出莎士比亞，抓住加雷斯。」我說道。我從資料裏看到，加雷斯是一個很厲害的超能力者，我想多個人幫忙，我們救出莎士比亞的把握就更大一些。

那間小屋，看上去沒什麼動靜，我們又向前移動了十幾米，藏到一段矮牆後面。

「裏面好像有說話的聲音。」西恩皺着眉，認真地聽着，「裏面一定有人。」

洛克林仰着脖子，眼睛一直盯着小屋，我看了

看時間，我的計劃是等到蒙諾來了，張琳和西恩從正面攻擊，我和蒙諾守住小屋的後門，前後夾擊，快速突進，不給加雷斯一點機會。

正在這時，小屋裏的聲音突然大了，我們都立即認真地聽着。

「……我不要和你走，你放了我……」隱隱約約的，莎士比亞的聲音傳來。

「先跟我走，然後我會放了你的。」加雷斯的聲音隨即傳來。

「他們也沒跟上來，你就放了我吧。」莎士比亞懇求地説。

「那可不一定，該放你的時候，就會把你放了。」加雷斯叫了起來，「你，站起來……」

「幹嘛蒙我的眼睛？」莎士比亞大聲地問道。

「不讓你看見我們的去向。」加雷斯聲音兇狠地説。

我們三個互相看看，很明顯，加雷斯又要帶着

莎士比亞離開這裏。這間破爛小屋，果然就是他們暫時歇腳的地方。

蒙諾還沒有來，可是這時不能再等了，我看看張琳，張琳手中已經彈出了霹靂劍。

「張琳，你繞到那棵樹後，他們一出來，你就衝過去，記住，一定要先把莎士比亞和加雷斯分開。」我略帶緊張地說。

「明白。」張琳點了點頭。

「西恩，張琳分開莎士比亞和加雷斯後，你把莎士比亞快速帶離這裏，要是加雷斯撲上來，一定要護好莎士比亞。」我轉身看看西恩，繼續說。

「是。」西恩立即說。

「洛克林，不要出聲。」我拍了拍洛克林，隨後一揮手，「我們靠過去。」

我們依託着樹木的掩護，隱蔽地跑向小屋，我們剛剛在一棵樹後站好，距離我們十多米的小屋，那扇破門被踢開，加雷斯拉着莎士比亞走了出來，

莎士比亞此時手被捆着，眼睛被蒙着。

「走，跟我走。」加雷斯拉着莎士比亞説，「不老實我就揍你。」

「我不好走路，鞋被你扔掉一隻。」莎士比亞憤怒地説，他左腳的鞋沒有了，那隻鞋現在被我放在了矮牆後。

「快走，把另外一隻也扔了，你就好走路了。」加雷斯拉着莎士比亞，「別再喊叫，等我徹底安全後，會放你走的。」

「不要跟你走。」莎士比亞扭着身子。

CHAPTER 8

凹陷的鎧甲

　　張琳縱身一躍，急速飛起，她距離地面有五米高，在空中劃了一道弧線，落地的時候直接撲到莎士比亞的身上，抱着他就地一滾，離開了加雷斯。

　　加雷斯根本就想不到我們會突然出現，轉瞬間，莎士比亞已經離開他七、八米的距離，而他卻一下愣在了那裏，當他明白過來的時候，我縱身飛過去，站在了他和莎士比亞之間。

　　我的身後，西恩飛奔上去，拉起倒地的莎士比亞就跑，張琳看到西恩接手，衝過來和我一起抵擋加雷斯。

　　加雷斯看到西恩拉着莎士比亞狂奔，着急了，好像莎士比亞是他私人的東西一樣，他猛地躍起，撲向莎士比亞那邊，看上去想把莎士比亞搶回來。

　　我高高躍起，隨後用雙手猛擊加雷斯，加雷斯在空中被我擊中，翻身落地。

　　「啊——」加雷斯惱羞成怒，揮着拳向我撲來。

　　「加雷斯——」張琳說着，趁我閃身躲避加雷斯的時候，揮劍刺向了加雷斯。

　　加雷斯看見張琳的霹靂劍刺來，急忙一閃，張琳的霹靂劍刺空，但是她手腕隨即一抖，劍身砍向加雷斯，加雷斯一個後仰，身體幾乎和地面平行，張琳的劍橫着劃了過去，距離加雷斯的身體不足十厘米。

　　張琳轉身的時候，加雷斯向後跳了兩步，他的身體一抖，突然間，他的身體上出現了一套護甲，護甲閃閃發亮。

　　張琳一劍刺過去，加雷斯這次根本就不躲了，張琳的劍刺在他的鎧甲上，劍身頓時彎了，劍刃被鎧甲擋住。張琳收回霹靂劍，一劍砍去，「噹」的

一聲，劍砍在鎧甲上，被反彈開了。

我一拳打上去，我知道打在鎧甲上沒用，所以對着加雷斯的頭部出拳，加雷斯用手一撥，反手一拳打在我的腰部，我叫了一聲，退了好幾步。

西恩拉着莎士比亞跑出很遠，他鬆開了捆着莎士比亞的繩子，把蒙着眼的布也扯了下來。西恩叫莎士比亞快點逃回家，莎士比亞帶着洛克林跑了十幾米，隨後停下，藏在一棵樹後，看着我們這邊。

西恩也趕來助戰，此時的加雷斯根本就無所顧忌了，他有鎧甲護身，只需要擋住向他頭部的攻擊。他衝上去踢倒了張琳，張琳的霹靂劍用也不是，不用也不是，她的劍根本就對加雷斯造成不了傷害。我們三個幾乎是邊打邊退，加雷斯則越來越兇悍，他把拳頭揮動起來，帶着風聲打向我們。

「噹——」的一聲，一塊石頭飛來，打在了加雷斯的鎧甲上，發出清脆的聲音。這是莎士比亞扔過來的石頭，他看到我們抵擋不住，想幫助我們，

但是這根本就沒作用，反倒被加雷斯看到了莎士比亞。加雷斯大吼一聲，拳頭掄起來，像是旋風一樣，朝莎士比亞那個方向撲去。

我和張琳一左一右衝上去，想攔住加雷斯，但是有鎧甲護身的加雷斯推開我倆，直接撲了過來。莎士比亞嚇壞了，他似乎看出加雷斯是對着他來的，洛克林看到加雷斯，衝上前幾步，對着他大叫。加雷斯明顯是殺紅眼了，他和莎士比亞本身沒有冤仇，僅僅是我們要保護莎士比亞，他就要衝過來傷害莎士比亞。

「防禦弧——」西恩的手指向地面，正對着加雷斯的地面上出現了一條弧光。加雷斯繼續向前衝，他一隻腳踩在弧線上，「轟」的一聲，弧線發出極亮的閃光，加雷斯被弧光轟擊，倒在了地上。

「哈哈——」西恩高興地喊起來，一邊，張琳揮劍上前，準備攻擊。

加雷斯倒地後一下就站了起來，他有鎧甲保

護，一點都沒有受傷，僅僅是摔倒。西恩頓時驚呆了，張琳也有點手足無措，她的劍砍上去，如果砍在鎧甲上，加雷斯也一樣不傷毫髮。

加雷斯冷笑起來，他後退了幾步，但絕對不是想逃走，看樣子他想從防禦弧上跳過來。

我護在了莎士比亞身前，準備和加雷斯戰鬥到底，我知道實力不如加雷斯，但是也顧不了這些了，我一定要擋住加雷斯。

「噹──」的一聲巨響傳來，只見加雷斯身後有個人躍起後一拳打在他的鎧甲上。加雷斯一個前撲，摔倒在地上，不過他就地一滾，馬上爬了起來。

出拳的人正是蒙諾，他已經趕到，看見加雷斯逞強，立即飛身過來出拳攻擊。

加雷斯看到蒙諾前來，先是愣了一下，他立即猜出蒙諾也是特種警察。蒙諾也不給他多想的時間，揮着拳頭打了過來。

加雷斯根本就不躲避，蒙諾一拳打在了加雷斯的鎧甲上，那鎧甲又發出清脆的一聲，這次和剛才不一樣，中了蒙諾一拳的加雷斯，身體往後一退，被擊中的鎧甲處，向下凹了一塊。加雷斯的身體一震，頭都暈了。

　　「嗨——嗨——」蒙諾又是連續打出三拳，全部打在加雷斯身上，三處擊打的地方，鎧甲全都凹陷下去一塊。

　　加雷斯一驚，倒退了幾步，其實我們和他一樣，也很吃驚，蒙諾的出拳力度如此之大，我們真的沒有想到。看來這個蒙諾可沒有白白在鎮子上打鐵，他的出拳和鐵錘一樣。

　　加雷斯明白，雖有鎧甲，但遇到蒙諾這樣的拳頭，鎧甲還是會被打爛，起不到防護作用了。他似乎受了傷，邊打邊退，忽然，他猛地向回一躍，飛出去幾米遠。

　　「收——」加雷斯大喊一聲，他身上的鎧甲不

見了。

　　看到加雷斯的鎧甲不見了，蒙諾立即衝上去，我們也跟着衝過去。但是加雷斯的手一揚，一片白霧狀的東西撲過來，轉瞬間就膨脹，撲向了我們。我們被白霧籠罩，頓時感到一股極其刺鼻的氣味，我們的眼睛也很疼，眼淚被熏得流了下來，並開始劇烈咳嗽，我們捂着臉，跑出了白霧。

　　從白霧中跑出來，我們仍然劇烈地咳嗽着，不過出了白霧團，我們沒那麼難受了。很快，白霧也散盡了。莎士比亞走過來，拍了拍我。

　　「你們還好吧？你們怎麼了？」

　　「沒事，沒事。」我又咳嗽了兩聲，隨後站直了身體，大口地吸了幾口空氣，「他這是毒氣攻擊。」

　　加雷斯已經跑掉了，我們甚至沒有看清楚他向那個方向跑的。

　　「加雷斯，加雷斯去哪裏了？」我看看莎士比

亞，問道。

「加雷斯？」莎士比亞一愣，「綁架我的那個人嗎？」

「就是他。」我説。

「他不是哈代嗎？怎麼變成加雷斯了？」莎士比亞很是疑惑，不過他隨即指着南面，「沿着前面的那條路跑了。」

「他是個壞人，是個能變化自己容貌的壞人，他想躲在你們這裏，逃避追捕。」我也沒辦法和莎士比亞詳細解釋，「我們就是抓捕他的人，我們一開始沒有多説，是怕風聲傳出去驚動了他。」

「你們是國王陛下派來的嗎？」莎士比亞很是敬佩地看着我們，驚歎道，「難怪都那麼厲害，還能飛起來……」

「我們……」我也不知道該怎麼回答了。

「喂——凱文的舅舅——」文森特的聲音傳來，他氣喘吁吁地跑來，站在我們面前，大口地喘

着氣，「你跑得可真快，我怎麼也追不上⋯⋯噢，你們救了莎士比亞，太好了⋯⋯」

「文森特，躲在你家的那個哈代，現在叫加雷斯，已經跑了。」莎士比亞比劃着説，「我説，他在你家的時候，那樣子有沒有變來變去的？你們難道沒有發現？」

「沒有，要是發現早被嚇死了。」文森特瞪了莎士比亞一眼，「這都是什麼怪事呀。」

「洛克林，你去，你去，找加雷斯。」西恩在一邊推着洛克林，洛克林躲避着西恩，「就是剛才那個傢伙，他現在跑了。」

洛克林躲在了莎士比亞的身後，莎士比亞已經知道是洛克林找到了他，也穿回了自己的鞋。

「西恩，沒用的，洛克林不熟悉加雷斯的味道。」我對西恩擺擺手，「而且我們也沒有任何加雷斯的東西可以讓洛克林聞。」

「那怎麼辦？加雷斯不知道跑到哪裏了。」西

恩一副愁眉苦臉的樣子，「他要是跑到法國去，我們怎麼找呀。」

「我剛才那幾拳，鎧甲都打塌了，他一定受了內傷，跑不遠的。」蒙諾説道，「但是就算是跑到幾公里外，他要是穿越跑掉，我們這次任務也失敗了。」

「暫時不會，張琳破壞了他的穿越通道，三天內他修不好的。」我連忙説。

「啊？這……那他短期離不開這裏了，我們還有機會。」蒙諾説着看看遠處的樹林，「但是一個人在這麼一大片地方躲幾天，我們也難找呀。」

「蒙諾先生。」我很是抱歉地低下頭，「你是對的，我們確實有些過度表現了，加雷斯就是聽到有人説我們能力巨大起了疑心，才準備逃走的，否則已經被我們抓到了。」

我説這話的時候，西恩和張琳都狠狠地盯着文森特，這可把他嚇壞了，可是他又不太清楚到底怎

麼回事，只能後退了幾步，躲到莎士比亞身後。這件事，的確也不能怪他，他也不知道哈代就是加雷斯變化容貌後裝扮的，更不可能知道加雷斯的真實身分。

「莎士比亞，你被加雷斯脅迫的時候，他有沒有說出想去哪裏，或者有什麼舉動？」我拉過莎士比亞，問道，「他在這間小破屋就是想歇一會吧？」

「他就是想在這裏歇一會，他抓住我後，一路奔跑，我們都跑不動了，他就把我帶到這間小屋，休息一會，還好你們趕來了。」莎士比亞很是害怕地說，「不過他在這間小屋裏，不停地說『穿越通道開啟』，還在那裏揮手臂，啊，他還有一個小盒子，他是對着小盒子喊那句話的。」

「他在我家後院，就是拿出一個小盒子，說什麼『穿越通道開啟』，然後就出現了一個圓圓長長的東西，然後你們就來了，我當時就在後門，我看

見的。」文森特跟着説，「我還跑去拉他呢。」

「明白了。」我點點頭，隨後看看蒙諾他們，「加雷斯還在試圖穿越逃走，但是穿越通道被破壞了，他暫時打不開通道。」

「這就好，我們還有時間。」張琳似乎有些欣慰地説。

「要趕快找到他。」我想了想，「這間小屋很破，不能遮風擋雨，而且他一定覺得這裏離我們還是很近，想要跑得更遠一點，他真正要藏身的地方，應該在更南面的某處。」

「更南面的地方大了，具體在哪裏呀？」西恩焦急地説。

「如果受了內傷，也不會跑很遠。」我想去南邊的樹林看看，「這樣，莎士比亞和文森特先回去，我們去南邊找一找……」

「嗨，莎士比亞，看呀，你爸爸來了——」文森特突然指着路的北面，喊道。

92

CHAPTER 9

聯繫總部

　　遠處，一共來了十多個人，為首的那個人身材高大，留着兩撇鬍子，他身後跟着的很多人都拿着火槍。

　　「他來幹什麼？」莎士比亞看到為首那個人，有些疑惑地說。

　　「不許動──舉起手來──」為首那個人指着我們大喊，「我是史特拉福鎮警務官約翰·莎士比亞，你們被捕了──」

　　他的話音未落，身後那幾個人衝過來用槍指着我們，還對着我們大吼大叫，讓我們舉手投降。

　　「爸爸，為什麼抓他們？」莎士比亞衝上去，拉住了為首的那個人，他就是莎士比亞的父親。

　　「老莎士比亞，為什麼抓我們？」我大聲地

説。

「什麼老莎士比亞？我是本鎮議員兼警務官，你要叫我大人。」老莎士比亞瞪着我，「文森特的媽媽都和我説了，你們和神秘外來人員在她家後院鬥毆，神秘外來人員還綁架了我家小莎士比亞，你們的行為嚴重破壞了本鎮的治安……噢，孩子，你沒事吧？看起來你很好。」老莎士比亞説着抓住莎士比亞的肩膀，仔細地看着。

「爸爸，是他們救了我，他們抓的那個人叫加雷斯，變化相貌後叫哈代，住在文森特家，是加雷斯綁架了我。」莎士比亞激動地説，「凱文他們是好人呀。」

「在本鎮鬥毆，是什麼好人？」老莎士比亞指着我們説，「再説，他們和你説的那個加雷斯是什麼關係，還説不清楚呢，誰知道他們是不是一夥的，分贓不均打了起來。」

「你的想像力還真是豐富呢，誰和加雷斯是一

夥的。」西恩不屑地説。

「那你説你們是幹什麼的？從哪裏來的？不要告訴我説什麼從布里斯托城來，我不會信的。你們年紀那麼小，和成年人鬥毆，還使用兇器鬥毆。」老莎士比亞説着看了看張琳，「作為本鎮的警務官，我有權逮捕你們，我的職責就是維護本鎮的治安安全。」

「你去抓加雷斯呀，他才是壞人，你抓我們幹什麼？」西恩無法回答老莎士比亞的問題，我們沒辦法説是穿越來的，説了他們也不信。

「會去抓的，到時候一起審問。」老莎士比亞説道，「先把你們抓起來再説，不要想反抗，看看，我們的警員可都是有槍的。」

我和蒙諾他們對視了一下，沒有辦法，我們確實無法反抗，老莎士比亞其實沒有錯，他是警務官，就是要處理這種事物，而且他還是莎士比亞的父親，我們打敗這些人沒問題，但是我們無法動

手。

「你，蒙諾，你冒充鐵匠，對吧？」老莎士比亞走過去，冷笑着看看蒙諾，「你和這幾個小孩什麼關係？你不是他們的舅舅吧……一起帶走，都關起來。」

蒙諾也被抓了。那些警員讓我們站成一排，押着我們向鎮子裏走。莎士比亞在一邊幫我們向他爸爸求情，文森特也一起幫我們説好話，但是老莎士比亞哪裏聽得進去。我們幾個一起被帶到了鎮子裏，還有一些人上來圍觀呢，我們都低着頭，很是狼狽。

我們被帶到了鎮警務所，這個時代的英國還沒有警察局，只有這種負責地方治安的警務所，警務所的最高管理者就是警務官，其餘人員都是警員。鎮警務所不大，這個鎮子平常比較安靜，治安事件很少。我們被關進了警務所的地下室，地下室門口，老莎士比亞安排了兩個警員看守。

莎士比亞和文森特都被送回了家。我們幾個在地下室裏，這裏昏暗潮濕，裏面有兩把椅子和幾張牀，有兩扇很小的窗戶，外面的光從窗戶照射進來。

　　「他們這是要幹什麼？要不是看在莎士比亞的面子上，我早就打出去了。」西恩在地下室來回踱步，還揮舞着拳頭。

　　「關起來審問呀，還問幹什麼。」張琳沒好氣地說，「你要是警務官，你也會這麼做的。」

　　「我們要從這裏出去，三天後加雷斯修好穿越系統，一定跑掉。」我從椅子上站起來，看着窗戶，「可是不能打出去，也不能用穿越的辦法逃出去，那樣一定會引來更大的混亂，我們在這個鎮子外抓加雷斯，老莎士比亞帶着人抓我們，這可不行。」

　　「對呀，怎麼出去呢？」西恩走過來，認真地看着我，「分析大師，我的分析大師，如果不能硬

闖，你快點想辦法。」

「不着急，我們還有時間。」蒙諾拉了拉西恩，「別給凱文太大壓力，我們也可以想想辦法，但不能用暴力解決。」

「辦法我倒是有一個。」我腦子裏已經形成了一個方案，但不可控因素較多，「在不改變歷史進

程的情況下，利用已經發生過的歷史事件，給他們造成一種我們是神仙的感覺，這個辦法可是我們的法寶。」

「怎麼用？」張琳也激動地站了起來。

「你們給我守好門，看着外面。」我舉起了手，晃晃手腕，「我和總部聯繫。」

剛才被關進來的時候，警員們檢查過我們，看到我手腕上的萬能手錶，以為是手鐲，也就沒有沒收。我躲到地下室的一角，背對着大門。

　　「總部指揮中心，我是阿爾法小組051號特工，現在有緊急事務求助。」我打開了手錶的通訊功能，開始呼叫。

　　「這裏是指揮中心，我是003號管理員，請問051號特工有什麼要求？」我的手錶裏，傳出來一個聲音。

　　「我現在位於1577年5月15日英格蘭埃文河畔史特拉福鎮，請幫我查一下，15日過後的三天內，該鎮有沒有重大事件發生？」我壓低着聲音，「很着急，請儘快回覆。」

　　「請稍候。」003號管理員説道。

　　我回頭看看大門那裏，張琳和西恩一左一右，把守着大門，蒙諾則通過門上的窗戶看着外面。

　　我有些焦急地等待，如果這三天沒有任何重大

事件發生，我就要重新想辦法。

「051號特工，我是指揮中心003號管理員。」手錶裏，傳來003號管理員的聲音。

「我在。」我連忙對着手錶說。

「經查，這幾天這個鎮的確有些事情發生，根據《歷代史特拉福鎮年報》記載，1577年5月16日，由於鎮東埃文河的上游地區15日夜間大雨，造成河水暴漲，鎮北沃威克路東側的埃文河將決堤，大概在上午十點發生，決堤後的河水將衝擊河岸東側十幾所房子，水沖進了一樓，有人會因此受重傷，財產損失極大。」

「太好了⋯⋯啊，不是，我不是說這件事好，我是說我知道了這件事很好。」我有些激動地說，「還有沒有別的事能查到？」

「還有記載，說這幾天有幾個孩子在鎮子上跑來跑去的，還和成年人鬥毆，一個東方女孩還用了長劍這樣的兇器，後來這些人都不見了。」

「東方女孩，長劍？」我差點叫出來，「那就是張琳呀，還有沒有別的記載，就這麼多嗎？」

「是的，近三百年的記載都很完整，但是三百年前的記載就不完整了，有些年份大段的缺頁，字跡也看不清楚，這些都屬於古籍了。」003號管理員說。

「謝謝你，有這些就足夠了。」我對着手錶，很是慶幸找到了需要的資料，「003號管理員，請向諾曼先生問好，我們會很快完成任務。」

「祝好運。」003號管理員說。

通話完畢，我把通話內容告訴大家，並且說出我的計劃。計劃很簡單，只要今天把明天要發生重大災害的事告訴老莎士比亞，讓他們做好準備，減少甚至不造成損失，那麼他們一定敬佩、感激我們，自然也就釋放我們，我們就可以去找加雷斯了。這件河堤決口的事，只是小鎮上的小事件，阻止它並不會改變歷史進程，所以完全不違背穿越守則。

CHAPTER 10

不被相信

　　大家都同意我的這個計劃，西恩隨後衝到大門口，猛地拍門。一個叫克魯曼的警員立即伸頭過來，詢問我們有什麼事情，西恩喊着要見警務官老莎士比亞，警員去了報告，過了一會，老莎士比亞來了。

　　「你們要幹什麼？」警員打開門後，老莎士比亞走了進來，「我剛剛才休息一會。」

　　「我告訴你，我可是能預知未來的。」我走到老莎士比亞身邊，仰着脖子，「明天，鎮北靠近埃文河的地方，河水會決堤，十幾所房子被沖去，有人會重傷⋯⋯」

　　「什麼？你説什麼？」老莎士比亞不屑地看看我，「河水決堤？你怎麼知道？你想跑出去，也不

用這樣亂説話呀，我信你才怪呢。」

「我説的是真的。」我激動起來，「夜裏埃文河上游地帶會因為暴雨造成河水猛漲，最後在我們這邊決堤……」

「上游暴雨？」老莎士比亞晃晃頭，「上游暴雨我們這裏起碼要下大雨呀，可是外面剛才確實陰天，現在又轉晴了，哪有要下雨的樣子？」

「真的，我沒騙你，請你馬上疏散河邊的那些人，就是住在沃威克路和埃文河之間的那些人家……」我上前拉住了老莎士比亞。

「開玩笑呢，我憑什麼疏散他們？為什麼要相信你？」老莎士比亞用力把我甩開，「現在我派人去抓哈代，就是那個加雷斯了，等把他抓來，你們就一起受審，你們先在這裏想想自己吧，別想着騙我。」

「我能預知未來的，不是騙你。」我不甘心地説，「請相信我……」

「我們真的能預知未來。」西恩看到老莎士比亞根本就不相信我，走上前幫忙，「你的兒子莎士比亞會成為世界級大文豪，大作家，大詩人……」

「哪個兒子？」老莎士比亞一愣，認真地看着西恩。

「大兒子，威廉……」西恩連忙説。

「哈哈哈哈──」老莎士比亞大笑起來，「我家的洛克林能成為大文豪，威廉都不行，他文法課都不及格。我現在更確信你們是騙子了，你們還聚眾鬥毆，還使用兇器。」説着，老莎士比亞緊緊地盯着張琳。張琳也看着他。

「説實話，你鬥毆用的長劍藏到哪裏了？」老莎士比亞嚴肅地問張琳。

「我……我……」張琳有點張口結舌的，「我沒有鬥毆……」

「不説也沒關係，我一定能查到的。」老莎士比亞説着看看我們，「不要想什麼花招了，我是不

會相信你們一個字的。」

　　説着，老莎士比亞就走了出去。警員把門關上，西恩追到門口，喊了幾句，老莎士比亞理都不理我們。

　　「完了，他根本就不相信。」西恩轉過身來，雙手攤開，「這可怎麼辦？」

　　「明天這件事一定會發生的，到時候他就信了，一定還會來，到時候的態度可就不是這樣了。」我説道，「但是我們已經知道要發生危害事件，不能就這樣等着事件發生，有人會因此受重傷呀。」

　　「就是説我們一定要讓那些房子裏的居民撤離。」張琳點點頭，「可是我們不能衝出去或者穿越出去，凱文説了，會造成新的混亂。」

　　「是的。」我看了看門口，「要不然我們去説服兩個當值的警員，無論誰去告訴那些居民有危險就行……」

「嗨，嗨——」這時，地下室上一扇窗戶傳出來一個聲音，那扇窗戶高高的，我們都要抬頭看，「你們還好嗎？」

說話的人是莎士比亞，他的頭探了出來。窗戶的位置在地面，而且臨街，莎士比亞是趴在道路地面和我們說話的。

「莎士比亞，你來得太好了。」我立即搬了一把椅子，放在窗戶下，隨後站在了椅子上。

「我被罵了一頓，但是我還是向爸爸求情，讓他放了你們，可是他堅持說你們是壞人。」莎士比亞說，「他派人去抓加雷斯了。」

「我們都找不到加雷斯，他……」我和莎士比亞隔着有欄杆的窗戶，「不說這個。莎士比亞，明天早上十點，埃文河靠近沃威克路的河堤要決口，河水要沖擊河堤旁邊的十幾所房子，有人因此受重傷。你知道那裏吧？」

「知道呀，我們班上有個同學就住在那裏。」

莎士比亞有些吃驚地説。

「馬上去告訴他們，撤離那裏，拿上家裏貴重財物，現在撤離完全來得及。」我着急地説，「請一定相信我，我有預測能力的。」

「我當然相信你，我也會去説。」莎士比亞點着頭，「但是我一個孩子去告訴他們馬上逃跑，他們不會相信的吧？」

「實在不行……」我想了想，「告訴他們，這是你爸爸説的，記住，這是善意的謊言，是沒有辦法的辦法，一定要去説，這樣能救他們。」

「我……」莎士比亞也想了想，「會去説，我一會就去。」

「實在不行，起碼要他們十點前去樓頂或者二樓這些高的地方，要做到這點對他們來説不難，但最好要他們撤離。」我説道，「你快點去……」

「我知道，我一會就去。」莎士比亞努力地向地下室裏看着，「我説，你們都好吧，要不要我們

想辦法讓你們出來，比如挖個地道什麼的？」

「你快去，把這件事辦好，明天早上你爸爸會來親自請我們出去的。」我揮了揮手，「我等你的消息。」

莎士比亞答應一聲，起身走了。

我從椅子上跳下來，大家都看着我。

「希望那些人相信莎士比亞。」我皺着眉，「目前也只能這樣了，莎士比亞自己去說，一定沒人信他，要是說是他爸爸說的，就會有人相信。」

「十點的時候到地勢高的地方就行，這點又不難。」西恩說道，「其實我們就是跑出去親自和那些居民說，他們也不會相信。」

「是呀。」我無奈地說，「就算我們跑去加固河堤，就我們幾個人，也沒什麼用，搞不好被發現，說我們搞破壞，又是一場誤會。」

「哎，是這樣呀。」張琳歎了口氣，「等會看莎士比亞的本事了。」

地下室裏，陷入一片安靜，大家誰都不說話了。

過了大概一個多小時，窗戶那裏，莎士比亞的頭又探了出來。

「凱文，張琳……」

「怎麼樣了？」我站在椅子上，連忙問。

「我去說了，他們不相信我，我說是我爸爸說的，他們問我爸爸怎麼不去和他們說，我說……」莎士比亞頓了頓，「原諒我，我說我爸爸在審訊你們，沒時間來。啊，一共有十五家人，我全都說了，有三家不相信我，剩下十二家能保證明天上午十點的時候，起碼會先到高處站一下，他們每家都有二樓。」

「好，太好了，只要去二樓，起碼人就沒事。」我激動地說。

「另外還有三家，我明天早上還會去說，起碼讓他們上二樓躲一下。」莎士比亞說，「我剛才去

的時候，這三家怎麼也不信我。」

「你要注意呀，十點之前絕對不能在那個區域的平地上，十點之前你就離開，躲到沃威克路西邊去。」我有些緊張地提醒説。

「我會的，放心吧。」莎士比亞點點頭，「無論如何，明天早上我還要去努力一下，起碼讓他們躲到二樓去。」

「好的。」我用力點着頭。

「可是還會有人不聽你的。」西恩在一邊歎了口氣，「歷史記載，還是有人受傷……」

「西恩，我們在做最大努力，救一個算一個。」張琳用略帶教訓的口氣對西恩説。

「你們在説什麼？」莎士比亞問。

「沒什麼……」我連忙説，「莎士比亞，你快回去吧，明天一定要在十點前離開那裏呀。」

「我知道。」莎士比亞側頭看看地下室裏面，「你們真的不準備逃跑，我告訴你，看門的兩個警

員我都認識，都愛喝酒，我用酒灌醉他們……」

「咣——」的一聲，門被推開了，我們都嚇了一跳，只見那個叫克魯曼的警員走了進來。

「你們還開上會了，我們可是還在門口呢。」警員說着看到了窗戶的莎士比亞，「嗨，是威廉，你還在勾結這幫歹徒？我去告訴你爸爸……」

「克魯曼，你這個告狀大王。」莎士比亞對克魯曼喊道，「你都多大了，還喜歡告狀……」說着，莎士比亞就跑開了。克魯曼又訓了我們幾句，關上門走了。

「明天，我倒是相信老莎士比亞會轉變態度，釋放我們。」蒙諾看到克魯曼走了，他一直都沒怎麼說話，此時是一副深思熟慮後的樣子，「關鍵是，我們被釋放後該怎麼辦，到時候我們只有兩天的時間找加雷斯了，萬一找不到，他修好穿越系統，就永遠地逃離這裏了。」

蒙諾的話像是刺一樣，扎了過來。從這裏出

去其實不難，但我們的任務是抓捕加雷斯，我還沒有一個成熟的想法，看看怎麼才能找到加雷斯。我僅僅能判斷加雷斯向鎮子的南面逃竄了，我們這幾個人明天出去後，即便展開搜索，短時間內也很難找到加雷斯，畢竟那是一片很大的區域，而且我們和加雷斯交過手，他認識我們，如果在遠處發現我們，會立即逃走了。

　　「我們明天出去後，只能一路向南找他。」過了一分鐘，我緩緩地説，「不能放棄尋找呀，我們盡最大努力吧。」

CHAPTER 11

展開搜索

　　第二天一早，我們早早地就起來，克魯曼給我們送來一些麵包當早餐，他説老莎士比亞今天就要審訊我們。

　　「你們抓住加雷斯……就是那個哈代了嗎？」西恩急着問。

　　「這不能告訴你，你們是不是和他一夥的，誰知道呢？」克魯曼瞪着西恩，「警務官大人説你們分贓不均才鬥毆的，我看也像。」

　　「他的想像力就是過於豐富。」西恩不屑地説，「不愧為莎士比亞的父親……」

　　「幾個小小的歹徒，啊，還有一個大歹徒。」克魯曼説着看看蒙諾，「現在還這麼囂張，等會警務官來教訓你們……」

　　克魯曼走了，我們都靜靜地等在地下室。十點
很快就來到了，河堤應該已經決口了。

　　十一點多，門外突然一陣騷動，有人來了。

　　「克魯曼，快點開門。」老莎士比亞激動的聲
音傳來。

　　「快開門。」莎士比亞的聲音跟着傳來，看來
他是和父親一起來的。

　　「是，警務官大人，馬上開門，這些歹徒很是
囂張呢。」克魯曼連忙開門。

　　「不是歹徒，是小神仙。」老莎士比亞説着就
衝了進來，他看到我們，突然站在了門口，隨後，臉
上露出尷尬的笑容，「哈哈，你們……你們……」

　　「河堤決口了吧？」西恩冷冷地看着老莎士比
亞。

　　「基本解決了……」小莎士比亞搶着説，「你
們説的果然沒錯，只有一對夫妻不聽我的，十點的
時候待在一樓，被水沖出了房間，受了重傷，其他

住戶都好，就是財物損失比較大。」

「這件事⋯⋯」老莎士比亞用極其和緩的目光看着我們，「你們怎麼知道河堤要決口？上游地區晚上下暴雨你們也知道⋯⋯」

「我們就是知道，我們知道的多了。」西恩繼續和那種冷淡的態度，「這回你相信了吧？」

「相信了，太相信了，諸位大小神仙。」老莎士比亞揮着手，忽然很是不好意思，「現在，那些人家都説我是神仙呢，因為威廉昨天跑去説是我下令他們躲避河水決口的，這搞得我很不好意思，他們都説我應該當鎮長，我覺得也是⋯⋯啊，你們可是救命恩人呢，被水沖了的房子有三對老年夫婦，平常都生活在一樓，這次要不是去了二樓，一定會出人命的，他們和不聽話的那對夫妻不一樣，那對夫妻才二十多歲，被沖出房間後抱住了大樹才活下來，那幾個老年人走路困難，所以非常感謝你們，你們看看，本鎮未來還有什麼事情要發生？」

「未來應該是平安無事的。」蒙諾擺了擺手，「你們這樣一個小鎮，也發生不了什麼很大的事情……」

「那麼你説威廉會成為大文豪……」老莎士比亞一臉渴求地望着西恩。

「會的，不過他要努力，不努力什麼都成不了。」西恩有些得意地説。

「哎呀，太好了。」老莎士比亞激動起來，「其實這都因為我的原因，你們還不知道，我酷愛文學，我寫的十四行詩，我的妻子和我都説好，廣泛地在我們兩個人中傳頌……」

「我會成為大文豪？」莎士比亞滿臉疑惑，「我怎麼不相信呢。」

「好了，先不説這個，我們可以走了嗎？」我有些着急地説，「真正的歹徒是加雷斯，他綁架了你的兒子，我們救回了你的兒子，我們確實是從外地來的，我們就是要來抓捕加雷斯這個歹徒。」

　　「可以了，你們可以馬上走，本鎮還要給你們頒發獎章呢，最佳預測救人獎。」老莎士比亞做出了一個請的手勢，「昨晚威廉和我說了一個晚上，說你們是救他的人，和加雷斯不是一夥的，你們好熱心幫助他學習，我本來就想釋放你們的……」

　　「好了，我們去找加雷斯了。」我說着就向外走，「這個人在你們鎮子上，可是個隱患，他大概跑到鎮子的南郊去了。」

　　「我的手下也在找他，單憑他化裝隱瞞文森特家就有問題，好人為什麼化裝住在那裏？」老莎士比亞跟在我身後，「我們也要抓他……」

　　「你現在倒是什麼都明白了。」我突然站住，看着老莎士比亞，我有了一個想法，「你們也在找加雷斯？你手下有多少人？」

　　「大概二十個警員，全聽我的指揮。」老莎士比亞說，「還有十個更夫，是鎮治安員，他們不是職業的警員，是業餘的，但是也聽我指揮。」

「好，把這些人全部找來，我來指揮他們去找加雷斯。」我說着回頭看看蒙諾他們，「如果有三十個人來幫忙，那麼我們這兩天找到加雷斯的把握就大了。」

老莎士比亞很快就把三十個人叫到了警務所，命令這些人全部聽我的指揮，開始抓捕隱藏起來的加雷斯。

我叫老莎士比亞找來一張史特拉福鎮的地圖。我判斷加雷斯已經逃過了南郊的埃文河，進入到克里夫德山丘地區，那裏也有一些住戶，關鍵是有茂密的林木，小山丘一個連着一個，要是藏在其中，僅憑我們幾個，找到加雷斯很困難。我把三十個人分成了十五組，把他們全部派到克里夫德山丘地帶，讓他們裝扮成打獵的獵戶，在山丘地帶全面撒網。

「……加雷斯，就是那個哈代，他曾經在鎮子上生活過一段時間，可能知道你們的身分，但沒有

關係，現在你們是獵人，在那裏打獵很正常。」我向大家講解着任務，「關鍵是你們看見加雷斯，千萬不要自己去抓捕，他很厲害，你們要來報告，我們去抓他。另外，加雷斯也許會再變化外貌，你們重點關注的，就是昨天突然出現在那裏的人，你們都是本地人，發現一個陌生人能立即認出來，無論他變成什麼樣子。」

「沒錯，我們都很熟悉那裏。」克魯曼説，現在他也聽我指揮，也要去找加雷斯，「我姑媽就住在那邊。」

「大家立即行動，加雷斯見過我們，如果沒有你們，我們準備化裝前往搜尋的，但是這也可能被看出來。」我揮着手，「現在有了你們，太好了，這次抓捕的指揮中心，就在埃文河南岸米考特城堡，發現加雷斯，你們就到這裏來報告。」

我們一起出了警務所，向鎮南前進，我們從埃文河上的橋通過，先是到了米考特城堡，這是一座

無人居住的小城堡，雖然無人居住，但是房屋功能完好，這是老莎士比亞為我們安排的指揮中心。我們在這裏安頓下來，十五個小組則繼續向南，大概走二十分鐘，他們就進入了克里夫德山丘地區。他們都背着獵槍，打扮成獵人的樣子，克里夫德山丘地區有好幾處茂密的森林，裏面有很多動物。我反覆告訴他們，遇到加雷斯絕對不能自行主張進行抓捕。

在城堡裏安頓下來後，我們都登上了城堡的瞭望塔，瞭望塔不大，我們幾個剛好能站下，向南望去，我們能看到克里夫德山丘地區的最高處。

「這個山丘地區的兩側，全是開闊的牧場，加雷斯根本無法藏身，再向南，也是連綿的牧場，加雷斯又有傷，跑不了那麼遠，所以他藏在克里夫德山丘的可能性最大。」我指着遠方，利用實景，向大家説明情況。

「三十個人，十五個小組，而且還都是本地

人。」西恩一直都很興奮，「有他們的幫忙，一定能找到加雷斯。」

「確實幫了很大的忙。」我點點頭，「就怕他們發現了加雷斯，上去就抓，他們可不是加雷斯的對手。」

「你都反覆說了，應該沒那麼莽撞。」張琳說道。

「凱文——凱文——」莎士比亞的聲音從瞭望塔下傳來，「你們都在上面嗎？」

我立刻走下瞭望塔，莎士比亞和文森特一起來了，他們還提着很多的東西，看見我下來，莎士比亞拿出了一支單筒望遠鏡。

「凱文，這個給你，我爸爸讓我拿來的，還有很多食物。」

「太感謝了。」我連忙致謝。

文森特把大袋的食物往桌子上放，我看了看文森特。

「看看，這樣多好，要當個好同學。」

文森特笑着點點頭，他還有點不好意思。

「明天學校沒有課，我們還要來。」莎士比亞說道，「要不是我被加雷斯綁架過，他認識我，我也想去找他呢。」

「你爸爸給我們派了那麼多人，也許一會就找到加雷斯了。」西恩也從瞭望塔上下來，「你們就等着好消息吧。」

「抓到加雷斯，你們就要走嗎？」莎士比亞心情有些沉重地問。

「這個……」我和西恩互相看看，「加雷斯很危險，我們必須把他送回去，未來……總之很高興認識你，關鍵是你今後會成為大文豪。」

「我想你們永遠留在我們這裏。」莎士比亞很是傷感地說。

傍晚的時候，莎士比亞和文森特走了。我們派出去的十五個搜尋小組，都沒有找到加雷斯。其

中有八個小組撤回到城堡裏，準備明天繼續前往尋找；另外七個小組，各自在克里夫德山丘地區投親靠友地住下，天一亮就會繼續展開搜尋。

明天必須找到加雷斯，否則他就很可能修理好穿越系統，隨後跑到不知道哪個時空去，徹底的逃之夭夭了。

第二天一早，住在城堡裏的八個小組全都去找加雷斯了，沒多久，莎士比亞父子一起來到了城堡裏。

「我先來這裏看一下，一會我也要去找加雷斯。」老莎士比亞一進來就說，「我也要假裝打獵。」

「你是警務官，加雷斯一年前用哈代這個身分躲在這裏的時候，應該知道你。」我連忙制止，「加雷斯要是看見你，而且前天他還綁架了威廉，會藏得很深的，你去也沒用，反倒可能驚動他。」

「嗯⋯⋯」老莎士比亞想了想，「這倒是，但

十五個小組，找了一天都沒找到，我着急呀。」

「我也着急。」莎士比亞跟着説。

「會不會不在這個區域？」西恩有些憂心地説。

「竟敢質疑凱文？他可是神仙，他説河水決堤，果然就發生了。」老莎士比亞指着西恩，生氣地説，「他説加雷斯藏在克里夫德山丘，就一定在那裏。」

「這不一樣……」西恩還想辯解。

「怎麼不一樣？」老莎士比亞瞪着西恩，「你還是凱文的跟班呢，居然説這種話。」

「我不是跟班。」西恩激動地比劃着，「我們……哎，沒法和你説。」

「那就不用説了。」老莎士比亞説着指了指瞭望塔，「你，叫什麼西恩的，到瞭望塔上去，用望遠鏡看，也許能發現加雷斯呢……」

「我為什麼要聽你的？」西恩理直氣壯地問。

「我是警務官。」老莎士比亞大聲地說。

我們連忙拉住西恩，把他拉到一邊。莎士比亞拉住他爸爸，讓他爸爸不要生氣。由於還沒有找到加雷斯，大家都有些煩躁。

CHAPTER 12

十四行詩

「凱文──凱文──」一個聲音傳來，那聲音非常急促。

和克魯曼一個小組的查理跑了進來，他氣喘吁吁的，看到我，站定後就在那裏彎着腰，喘着氣，一看就是長跑來的。

「查理，你怎麼回來了？找到加雷斯了？」老莎士比亞看看查理，問道。

「報告警務官大人，我和克魯曼有了發現，我回來報告，克魯曼在那裏盯着。」查理緩了緩，說道，「我一直跑呀跑呀，就跑回來報告了，沿途發現，我們這一片的風景呀，那是真的不錯……」

「那當然，鎮子南邊的樹多，河面也寬，去年在我的提議下還把埃文河河道兩邊平整了……」老

莎士比亞得意地説。

「那次我也去了，累死了，連續幹了半個月活呢⋯⋯」查理立即説。

「等等，等等，這些以後再説。」我着急地擺擺手，「查理，你們看到了什麼？」

「啊，是這樣。」查理看看我，才想起回來的真正目的，「昨天我和克魯曼找到很晚，本想回城堡休息，克魯曼説他姑媽就住在山丘西邊，我們就去他姑媽家住了，到的時候已經十點多了，他姑媽給我們找了間房間，就休息了，這一覺睡得很好，因為我們白天很累了，找了一整天呀⋯⋯」

「我知道，我知道，找了一整天。」我連忙打斷查理，「然後呢？」

「今天早上，我們吃早飯，查理的姑丈説，要給他家小木屋住的那個人送早飯去，我們才知道，他家前天傍晚來了一個過路人，説是去伯明翰看兒子，身體有些不舒服，借宿兩天就離開。查理

的姑媽和姑丈就把他安置在自家三十多米外的小木屋裏住下，那個人大概五十多歲，住下的時候，身體好像還有點傷，走路都不是很穩。」查理一口氣地說，這次他沒有說題外話了，「我們一想，和你說的加雷斯的特點一致呀，外貌雖然有變化，但是一定是又變化了，出現的時間就是那天加雷斯逃走的時間，身高也和加雷斯一致，關鍵是身上還有傷。」

「夠了，我們立即過去，這個人應該就是。」我說着就揮揮手，看了看蒙諾，「我們做的火藥球，都帶上。」

「我和張琳都拿着呢。」蒙諾點點頭。

「克魯曼在那裏盯着嗎？他可不能自己去抓加雷斯呀。」我又問查理。

「克魯曼讓他姑丈去送飯，他說要藏在小屋旁的樹林裏觀察，讓我回來報告。」查理邊走邊說，「我想他不會蠻幹的，你說過的，加雷斯很厲

害。」

我們全速前往，查理在前面引路。莎士比亞父子也跟着我們一起來了，老莎士比亞還背着一支獵槍，他走路的時候，都端着獵槍的。

二十分鐘後，我們來到了克魯曼姑媽家前的小路，查理說再往前走一百米就是他姑媽的家了，他姑媽家在一個小山丘上，我們遠遠地看到了他姑媽家的房子。

我們加快步伐，急速前進。

「嘭──」的一聲槍響，我們嚇了一跳，那槍聲正是從前面傳來的。

「克魯曼開槍了──」查理喊了起來，「這一定是克魯曼在開槍──」

我們飛奔起來，一起衝了過去，我們越過了克魯曼的姑媽家，他的姑媽和姑丈此時也從屋子裏跑了出來。

「嘭──」的又是一聲槍響，我們看到，克魯

曼對着一個撲向他的男人開了一槍，那個男人大概五十多歲，怒氣沖沖，他身上有一副鎧甲，子彈打在上面，立即彈飛了。

克魯曼轉身就跑，男子緊追上來。在男子的身後，是一間小木屋，小木屋的旁邊，有一個穿越通道，穿越通道長大概五米，在地面上微微地顫動着，穿越通道的中間，有一股像手指粗的蒸汽柱噴射出來。

男子轉瞬間追上去，抓住了克魯曼，吼叫着舉起拳頭，就要打下去。

「嗨──」張琳大喊一聲，把手中的霹靂劍當做長矛，拋了過去。

「噹──」的一聲，霹靂劍扎在了男子的鎧甲上，雖然沒有扎穿鎧甲，但是巨大的衝擊力把男子推得倒退幾步，鬆開了克魯曼。

我們一起撲了上去，克魯曼看見我們，連忙跑過來。我拉住克魯曼，把他拉到老莎士比亞和查理

身邊。

「你們不要過來，我們解決他——」我對老莎士比亞和查理大聲喊道。

「好的。」老莎士比亞大聲說，他舉着獵槍，護着克魯曼和莎士比亞。查理撿起了一塊石頭，盯着遠處的那個男子。

張琳第一個衝上去，那個男子看到張琳，有些驚慌。他用手在臉上一拉，露出了本來面目，他就是加雷斯。

「嗨——」張琳高高躍起，隨後一腳踢了下去。

加雷斯用手往外一擋，把張琳推出去幾米，張琳落地後就地一滾，站了起來。

西恩已經繞到了加雷斯的身後，他堵截住了加雷斯逃跑的方向。這時，蒙諾趕到。

「我來——」蒙諾大喊一聲。

張琳和西恩都退到一邊，張琳撿回了霹靂劍，

蒙諾衝上去揮拳就打，加雷斯看到是蒙諾，心裏很慌，他後退着，躲避着蒙諾的拳腳。

「打——打——」莎士比亞父子和克魯曼、查理一起大喊着，給我們加油打氣。

克魯曼看見自己剛才被追時扔掉的槍，衝上去撿了回來，他舉着槍，對着加雷斯。

「警務官大人，這傢伙好像不怕子彈，他身上有鎧甲。」克魯曼提醒地對老莎士比亞説。

「那就多打幾槍——」老莎士比亞蹬着加雷斯，大聲地説。

克魯曼立即舉着槍，對着加雷斯。

加雷斯這邊，他邊打邊退，躲避着蒙諾的拳頭。我看準機會，衝上去一腳就踢在加雷斯的腰上，他穿着鎧甲，我踢上去都感到腳很疼，不過衝擊力還是把加雷斯踢得身體一歪，他差點失去平衡，剛剛站穩，蒙諾的拳頭就到了，蒙諾一拳就打在加雷斯的身體上，被擊中的鎧甲頓時塌下去一

塊，他慘叫一聲，連連後退。

　　加雷斯上次已經受了內傷，這次更加懼怕蒙諾了，他忽然轉身，看樣子是想逃跑。西恩立即迎上去，堵住加雷斯。

　　加雷斯雙拳猛擊西恩，西恩閃了一下。這時，加雷斯的手一揚，一團白霧飛向我們。加雷斯故伎重演，用毒氣攻擊我們。

　　蒙諾和張琳早有準備，他們先是退後兩步，隨後用力拋出兩個黑色圓球，兩個圓球在白霧中猛烈撞擊，隨後「轟——」的一聲爆炸了，白霧團當即被炸開，消散。我們來的時候蒙諾説帶着的東西，就是這個火藥球，一切我們都是有準備的。

　　蒙諾和張琳破壞加雷斯的毒氣攻擊時，我跑到了西恩的身後，又形成了一道堵截加雷斯逃走的防線。加雷斯果然衝了過來，我飛身一腳踢過去，踢中了加雷斯，雖然沒造成傷害，但是他被衝擊力推得倒退兩步，還沒站穩，西恩一拳又打過來，加雷

斯差點被打倒。

加雷斯的毒氣攻擊被化解，張琳和蒙諾衝過來，蒙諾連出兩拳，打倒了加雷斯。加雷斯掙扎着想要爬起來，霹靂劍的尖刃突然抵住了他的脖子，持劍的是張琳。

「不要動──」張琳説道，「這次你跑不了。」

加雷斯坐在地上，不敢動了，他慢慢地舉起了手。

「別殺我……別殺我……」

「鎧甲收起來。」西恩在一邊喊道，這時，莎士比亞父子、克魯曼和查理也跑過來，克魯曼舉槍對着加雷斯。

加雷斯的手摸了摸鎧甲，鎧甲隨即消失了。西恩掏出一根早就準備好的繩子，把加雷斯捆了起來。

加雷斯被捆結實，西恩讓他坐在地上，被抓住

的加雷斯低着頭，無精打采，還歎了一口氣。

不遠處，那個穿越通道還在地面上浮動着，不過已經沒有蒸汽狀的氣體噴出來了。

「加雷斯，那是你的穿越通道？」我上前一步，按了一下加雷斯的肩膀，隨後指了指穿越通道，問道。

「是，是我的。」加雷斯看看穿越通道，點點頭。

「你修好了通道，想要逃走，對嗎？」我問道，我有些害怕，要是晚來一會，加雷斯可能就穿越走了。

「我也不知道有沒有修好，剛開始的時候根本打不開通道，後來我就修理穿越控制盒，今天早上終於能打開了。」加雷斯說着看了看舉槍對着自己的克魯曼，「我想進去檢查一下，看看能否實施穿越，結果被這人打了一槍，打穿了通道，漏氣了，要修好最少又要三天時間。」

「我姑丈給他送了早飯，回去了，我就守在這裏，後來他出來，弄出這樣一個怪東西來，文森特和我說過，加雷斯在他家後院就弄出這種怪東西來，據說能逃跑用，我就對着開了一槍。」克魯曼看看我們，「我就是怕他逃跑。」

「克魯曼，謝謝你，你真的阻止了他跑走。」我感激地點點頭，「如果他修理好這個東西，真有可能跑掉的。」

「幹得漂亮，克魯曼。」老莎士比亞立即誇讚地說。

克魯曼很是高興地笑了起來。

「凱文，抓到加雷斯，真是太好了。」莎士比亞高興地走過來，「我有感而發，創作了一首十四行詩，你不是說過見到有感覺的事物就要描述出來嘛，我現在就很有感覺，為你們創作的，你們來聽聽……」

「大文豪的少年作品？」西恩先是一愣，「寫

給我們的嗎？」

「不要説話。」張琳立即打斷了西恩。

「啊，激動的一天啊，凱文和張琳，西恩和蒙諾，抓住了加雷斯，抓住了加雷斯，抓住了加雷斯呀，抓住了加雷斯，真是太好了，真是太好了，真是還好了呀，真是太好了。」莎士比亞手舞足蹈地唸起來。

「還缺兩行，現在是十二行。」老莎士比亞補充地説，「真是太好了呀，真是太好了。再加上這兩行，就是一首完美的十四行詩了。」

「噢，這個……」我皺了皺眉，不知道該怎麼評價。

「起碼你能開口説了，開始創作了，未來還要繼續努力。」張琳笑了笑，鼓勵地説，「就這樣，由簡到繁，一步一步來。」

「對，張琳説得好。」我點點頭，看看莎士比亞，「一開始，誰也不可能立即就寫出優美的詩句

的，關鍵是堅持。」

　　一邊，蒙諾拉住了克魯曼。

　　「你知道我在鎮子北邊的那個鐵匠舖吧？」

　　「知道呀。」克魯曼說。

　　「送給你了，算是對你幫忙抓住加雷斯的獎勵。」蒙諾說道，「多謝你了。」

　　「發財了，克魯曼，發財了。」查理喊了起來。

　　「你看你，我們還不是很熟，就送我這麼貴重的禮物。」克魯曼滿心歡喜地說，還有點不好意思，他看着蒙諾，「你是不是要走了？你還有別的鐵匠舖嗎？沒有的話，金銀舖也可以……」

　　「噢，你想什麼呢？」蒙諾晃晃腦袋，「我可沒有金銀舖……」

　　「莎士比亞，我們抓到了加雷斯，現在就要把他送到他該去的地方了。」我不捨地看着莎士比亞，「感謝你這些天來對我們的幫助，今後你一定

要努力呀，你的文學道路無可限量⋯⋯」

「我還是不能知道你們要去哪裏嗎？」莎士比亞很是激動，他拉住了我，「凱文，我要感謝你們，你們給了我信心，你們還救了我，我真想和你們一起走⋯⋯」

「我們有我們的使命，你有你的使命。」我用力地點點頭，「那麼，現在就告別了，再見，希望你記得我們。」

「我會的。」莎士比亞也用力地點着頭。

我們和老莎士比亞、克魯曼和查理告別。隨後，我們押着加雷斯向遠處的樹林走去，經過那個浮動在地面上的穿越通道的時候，蒙諾命令加雷斯收起那個穿越通道，張琳從加雷斯的口袋裏拿出一個小盒子，塞在加雷斯手裏，加雷斯一番操作，收起了穿越通道。

我們走進樹林，遠處，莎士比亞他們還在看着我們，我們知道，這是我們永遠的告別。

走到樹林深處，誰都看不見我們了。我們找了一塊空地，我抬起了手臂，露出萬能手錶。

「總部時空隧道管理員，我是阿爾法小組051號特工，我們已經抓住了加雷斯，完成了任務，我現在申請開啟穿越通道，請輔助我們實施穿越，我們要返回總部。」我看着周邊高大的樹木，説道。

樹林裏，風輕輕吹過樹梢，樹梢微微擺動，似乎在向我們告別。

時空調查科10

與莎士比亞絕密緝兇

作　　者：關景峰

繪　　圖：Mimi Szeto

責任編輯：黃稔茵

美術設計：蔡學彰

出　　版：新雅文化事業有限公司

　　　　　香港英皇道499號北角工業大廈18樓

　　　　　電話：（852）2138 7998

　　　　　傳真：（852）2597 4003

　　　　　網址：http://www.sunya.com.hk

　　　　　電郵：marketing@sunya.com.hk

發　　行：香港聯合書刊物流有限公司

　　　　　香港荃灣德士古道220-248號荃灣工業中心16樓

　　　　　電話：（852）2150 2100

　　　　　傳真：（852）2407 3062

　　　　　電郵：info@suplogistics.com.hk

印　　刷：中華商務彩色印刷有限公司

　　　　　香港新界大埔汀麗路36號

版　　次：二〇二一年十二月初版

版權所有·不准翻印

ISBN : 978-962-08-7896-1

© 2021 Sun Ya Publications（HK）Ltd.

18/F, North Point Industrial Building, 499 King's Road, Hong Kong

Published in Hong Kong, China

Printed in China